COLLECTION FOLIO

J.-B. Pontalis

En marge des jours

Gallimard

Jean-Bertrand Pontalis, membre de l'Association psychanalytique de France, est l'auteur de plusieurs essais et récits.

Il a animé pendant vingt-cinq ans la Nouvelle revue de psychanalyse et dirige aux Éditions Gallimard deux collections, « Connaissance de l'inconscient » et « L'un et l'autre ».

À Jean-Claude Lavie

Quelque chose arrive dans une région du moi où je ne suis pas.

PAUL VALÉRY

Il y a une vingtaine d'années, Pierre Nora eut l'idée de demander à quelques historiens de grand renom de se faire les historiens d'eux-mêmes. Cela donna un livre : *Essais d'ego-histoire*. Plusieurs des auteurs sollicités déclinèrent l'invitation, réticents face à ce qui devait leur apparaître comme un exercice indécent d'autoanalyse. D'autres ne firent guère plus que retracer leur carrière. Quant à ceux qui acceptèrent de jouer le jeu, ils adoptèrent la position de l'historien : évocation discrète de leur enfance, des figures de leurs parents, description précise de leur milieu familial, social, de leur environnement géographique et culturel. Ils reconstituèrent leur histoire comme ils l'auraient ou l'avaient fait pour tel ou tel personnage qu'une enquête historique — menée pendant une période donnée sur une région, un village, une classe sociale — les avait amenés à rencontrer. Même quand il s'agit de soi, il faudrait s'en tenir à l'objectivable : pudeur ou respect d'une méthode qui exige des preuves et exclut le « subjectif » ?

Un seul des contributeurs s'est risqué à aller plus loin. Les premiers mots du témoignage de Pierre Chaunu ont l'accent d'un Michelet : « Je suis historien parce que je suis le fils de la morte et que le mystère du temps me hante depuis l'enfance [...] J'ai cru longtemps que la mémoire servait à se souvenir, je sais maintenant qu'elle sert surtout à oublier. [...] Au commencement était la mort, au commencement était l'oubli. »

Pourquoi est-il si difficile, peut-être impossible, de retrouver, plus encore de dire, le trajet qui vous a conduit à devenir historien ? Ou psychanalyste ? Je crois bien avoir déjà cité quelque part ces mots d'un écrivain : « Nous ne sommes jamais là au commencement de nous-mêmes. »

Ce qui vous a mené, contraint, à entreprendre une analyse, c'est votre propre analyse qui vous le révèle, au-delà de la demande consciente qui l'a motivée au départ. Mais ce qui pousse à se consacrer à la psychanalyse, cette pratique si étrange, à la finalité si peu sociale, reste obscur. Lourd silence, guère plus que : « J'ai pu mesurer les limites de la psychiatrie, de la psychologie, ce qu'il y a de désincarné dans la philosophie », etc. Mais les sources infantiles, où sont-elles ? Le destin qu'elles ont connu, quel est-il ?

À croire que la mémoire des psychanalystes, elle aussi, leur sert surtout, comme l'écrit Chaunu, à oublier. Eux, pourtant, les « spécialistes » de la mémoire vive. De quelle morte, de quels morts sont-ils les fils ? Sur les origines de la psychanalyse, sur son histoire mouvementée, les livres se comptent par centaines. Sur l'histoire subjective de tel analyste — je ne dis pas récit autobiographique — je n'en connais pas. Freud, pourtant peu porté à la confidence, a plus révélé de lui que chacun de nous.

*

Je rame misérablement dans la rédaction d'un texte promis. Dans quoi me suis-je embarqué ? Chaque fois, c'est pareil. Les deux trois premières pages viennent facilement et puis je ne sais plus où je vais ni même si je vais quelque part, je raye ce qui est écrit, reprends le début, m'arrête, découragé : « Je suis parti d'une idée fausse, ça ne mène nulle part, je n'y arriverai jamais, laisse tomber. » J'ai beau avoir réussi à faire aboutir plusieurs projets de livres, d'articles, rien n'y fait, parce que rien n'est acquis dans ce domaine, il me faut repartir de zéro avec l'angoisse de parvenir… à zéro. Un comble : combien de fois me suis-je entendu dire « Quelle chance tu as de pouvoir écrire si facilement ! »

*

Agitation sur place. Si une caméra le filmait, on le verrait assis à sa table de travail ; il commence par prendre des notes, il allume une cigarette, consulte un livre puis un autre, se coupe les ongles, nettoie les verres de ses lunettes, se lève, fait quelques pas dans la pièce, retourne à son fauteuil, reprend les notes interrompues, ouvre son agenda, regarde la pluie tomber, croit attraper une idée au vol, la perd aussitôt. Lui reviennent ces vers : « Papillon du Parnasse et semblable aux abeilles je vais de fleur en fleur et d'objet en objet. » Il ajoute : « Si encore, c'étaient des fleurs ! » Et conclut : « C'est terrible, ce défaut de concentration. »

On dirait qu'il cherche à la fois à saisir un objet et à se et me persuader que ce qu'il veut saisir ne peut que s'échapper. Il a connu de nombreuses femmes et n'a pu en retenir aucune. Est-ce lui ou toute femme l'« être de fuite » ? Mime-t-il sa mère qu'il m'a décrite comme une « femme volage », un charmant papillon ?

*

Annecy. Colloque « Autour de l'œuvre de J.-B. Pontalis » (! !) Un auditoire très réceptif, des « discutants » qui connaissaient mieux que moi ce que j'ai pu écrire au fil du temps — j'en étais sidéré. Pas facile de répondre sur l'instant, en improvisant, à des interventions si serrées, si précises. Mon « narcisson » (de M'Uzan a sûrement perçu la résonance de ce mot, plutôt vilain, avec nourrisson) est comblé. Narcissique ou pas, je ne boude pas mon plaisir. Je pressens qu'il ne durera pas. Le « nourrisson » serait-il insatiable ?

Cela se passait à l'Imperial Palace, superbe hôtel 1900 qui me rappelle le Grand Hôtel de Cabourg-Balbec : je marchais devant, enfant, quand nous nous promenions sur la digue, aller et retour. Grande chambre au sixième étage donnant sur le lac. Bizarrement, impossible de trouver le sommeil, me répétant : « Comme je suis bien, comme je suis bien ! » Était-ce une manière de conjurer l'appréhension qui précède une prestation publique ? Pourtant, consciemment, je n'étais pas anxieux, mais tout heureux d'être là.

Peut-être étais-je à la fois là, à Annecy, et à New York d'où j'étais revenu quelques jours auparavant. Dans mes heures d'insomnie, des images de New York défilaient. Pêle-mêle : Ellis Island, *Between Fear and Hope*, forte émotion ; la traversée à pied sous une chaleur accablante de Brooklyn Bridge (je n'en menais pas large). Les centaines de tableaux vus dans les grands musées — Moma, Metropolitan — et dans les plus petits, que je préfère (Whitney, surtout la Frick Collection) ; la vente aux enchères, on ne peut plus sélect, chez Christie's où K. m'entraîne et où une toile de Caillebotte atteint un prix faramineux ; le jardin exclusivement réservé aux chiens ; l'antique petit cimetière, survivant si l'on peut dire, entre les buildings ; les limousines de dix mètres de long et les camions avec leur énorme mufle ; le bus qui met plus d'une heure pour traverser à peine un quart de la ville ; l'église baptiste à Harlem, Dieu, *My Lord*, est noir, c'est sûr (j'étais à deux doigts de me convertir) ; le « musical » *Kiss me Kate* (j'aurais dû être chanteur, danseur, acrobate) ; les chauffeurs de taxi de toutes les nationalités, mais ici cela ne signifie rien d'être étranger, il n'y a pas d'Américains « de souche » ; la Grand Central Station, grandiose prouesse architecturale qui fait de nous des petites fourmis agitées ; la foule pressée, pressante qui marche sur Broadway ; l'ami de K., un avocat d'affaires souvent déprimé auquel son psy demande deux cents dollars par séance. Oui, toutes ces images et bien d'autres s'entrecroisent dans ma tête et devant mes yeux d'insomniaque en contraste total avec le calme du lac si proche.

Excès de stimulations produites par cette ville géante. Est-il possible de connaître le calme à New York qui paraît vouée à une activité incessante (même dans Central Park, on court, on pédale...)? Peut-on y pratiquer la méditation philosophique ? Peut-on y être psychanalyste ?

Hopper a-t-il décelé ce que recouvrait le « dynamisme » américain ? Une extrême solitude, l'espace vide entre les humains et en soi ?

Je crois que ce que je retiendrai surtout des échanges du colloque, c'est, plus que leur contenu, l'échange justement, une très libre circulation des paroles. Personne ne s'est abrité derrière un blindage conceptuel. Pas de réactions de prestance non plus. Aucun de mes interlocuteurs n'a cherché à se faire valoir, tout en s'engageant fermement dans ses propos. Bref, mon souhait que cette rencontre ne ressemble pas à un congrès, mais à une conversation où peuvent coexister légèreté et gravité, rire et émotion, a été exaucé.

*

Le Clézio, préfaçant en 1967 *Les Chants de Maldoror*, note : « Maldoror, symbole de la rébellion contre l'ordre établi, du cri contre le langage-prison », et ajoute : « Mais quoi d'autre que le poème d'un potache, la dissertation bâclée d'un collégien en mal d'originalité. »

Il fait apparaître là, en y allant un peu fort, une contradiction que bien d'autres ont rencontrée, sans toujours s'en apercevoir : la révolte contre le « langage-prison », ses règles, sa syntaxe, l'ordre qu'il implique peut avoir comme effet de renforcer la rhétorique. Lisant la belle prose de Breton, j'entends Bossuet.

Comment, alors qu'on récuse la tyrannie du langage, ne pas le glorifier ? Yves Bonnefoy, que j'admire et qui plus intensément que quiconque recherche une *présence* que l'infirmité essentielle des mots ne permet pas d'atteindre, eh bien lui-même n'échappe pas toujours à quelque solennité oratoire.

De là parfois chez moi, le souhait, sans doute absurde, d'une écriture sans ornements, d'une écriture *pauvre*.

Des patients qui s'expriment bien, parlent comme ils écriraient, dans une langue impeccable, avec un vocabulaire choisi, je me dis que l'usage qu'ils font de la parole est un cache-misère. J'attends que les mots leur manquent. Le reste suivra.

*

« Les mots de nos discours quotidiens ne sont rien d'autre que magie devenue pâle » (Freud). Peut-être vaut-il mieux qu'elle soit pâle : il arrive que le pouvoir magique des mots soit dévastateur. Jubilation d'Hitler quand il découvre en 1919 dans quelque brasserie munichoise comment la parole peut fasciner un auditoire : « Ce dont j'avais toujours eu la prescience se trouvait confirmé : je savais *parler*. » Plus tard ses éructations contribueront à faire d'un peuple une *masse* n'ayant qu'une seule voix, celle du Führer. Voir le film de Leni Riefenstahl *Le Triomphe de la volonté* et ce qu'en dit Primo Levi : « Si vous avez vu au cinéma les dialogues d'Hitler avec la foule, vous avez assisté à un spectacle effrayant. Il se formait une *induction mutuelle*. Hitler répondait à la réaction que lui-même provoquait. »

*

Quand j'ouvre à n'importe quelle page le recueil des *Fragments* de Novalis, je me trouve en face de quoi ? d'éclairs qui traversent la pensée à une vitesse incroyable et l'illuminent. Comme si le Rimbaud des *Illuminations*, le Vinci des *Carnets*, le Valéry des *Cahiers*, comme si le vif de l'intelligence, l'éclat poétique, la curiosité infinie pouvaient se rejoindre, ne faire qu'un.

Ces fragments s'opposent à l'idée de système et même d'œuvre. Ils mettent à mal l'illusion d'une « belle totalité » — à moins que chaque fragment ne puisse prétendre valoir pour un tout.

Novalis reste au plus près de ce que produit l'esprit, il se tient au moment du surgissement, de la fulgurance de l'idée qui jaillit, sans détours, dans les mots, avec la plus extrême impatience d'être dite. Pas question de les faire attendre, cette idée, cette image, cette sensation qui sont survenues d'on ne sait où sans préavis, ont chuté en vous et exigent maintenant, immédiatement, de tenir debout, vaille que vaille.

Freud a analysé laborieusement — c'est son livre le plus ennuyeux — la « technique » du trait d'esprit, du *Witz*, alors que Novalis est le *Witz*, la fusée, l'étincelle, le grain de pollen que transporte le vent.

Il arrive que les interprétations de l'analyste, quand elles ne cherchent ni à expliquer ni à comprendre, soient comme des éclairs qui déchirent la lourde masse des nuages, des éclairs électrisant le ciel nocturne.

*

« On se lasse à la longue d'écrire des choses qui n'existent pas pour des gens qui n'existent pas. » Flannery O'Connor dit là ce qui doit, j'imagine, tourmenter le romancier, susciter son découragement. Pourtant c'est lui qui s'approche le plus des « choses qui existent » et, s'il atteint des lecteurs inconnus, il peut aussi leur révéler leur part d'inconnu. À sa manière le psychanalyste est proche du romancier, mais une analyse ne saurait se convertir en un roman. Entre les deux plus qu'une différence : une antinomie.

Le romancier, même s'il récuse la narration linéaire, même s'il ambitionne de transformer la langue pour en faire la sienne propre, reste un narrateur et se fie à ce que peuvent transmettre des mots écrits. Une analyse ne se raconte pas, une analyse est vouée à l'oral et résiste à l'écrit. Elle est une bouche qui s'ouvre.

*

« Cahier privé » : privé de quoi ? J'ai d'abord assimilé privé à intime, destiné à moi seul. Depuis quelque temps j'y vois un autre sens. Je constate, non sans déception, que ce que je consigne dans mon cahier (grand format, écriture minuscule, quasi illisible) reste presque toujours à la surface des choses. Ce sont des notations écrites à la hâte, au courant de la plume, non élaborées, *privées* de ce que seul le travail pourrait éventuellement leur conférer de densité. Travail ne signifie pas pour moi labeur (je n'ai jamais été un travailleur creusant obstinément sillon après sillon, jamais un studieux, un « chiadeur » comme nous disions en khâgne), mais évoque plutôt travail du rêve, travail du deuil, ce qui opère en soi, vous travaille tout un temps à votre insu. Pourtant l'écriture dite spontanée n'est pas mon fort. Quelquefois quand même je trouve dans mes cahiers les germes de ce qui prendra plus tard, souvent bien plus tard, la forme d'un article, suscitera le projet d'un essai ou d'un récit.

Ce que j'y *consigne* : le moins possible de plaintes (propension du journal intime à n'être qu'un recueil de plaintes), le moins possible de mes humeurs du jour (« mal dormi », « rhume abrutissant », « manque d'entrain », « fébrilité bizarre », etc., bref le bulletin météorologique de l'âme). Plutôt des propos recueillis ici ou là, venus du divan, d'une rencontre, d'une lecture, l'ébauche d'une idée. Une sorte de « livre de raison » ou une comptabilité des jours, avec de longs intervalles. Je consigne cela comme le voyageur qui dépose sa valise à la consigne pour s'assurer de ne pas la perdre ou qu'on ne la lui vole pas, en attendant le départ du train, du bateau qui l'emportera, il l'espère, loin de chez lui. Mais quand même il y tient, à sa valise...

Je me souviens que, lorsque j'ai acheté le premier de ces cahiers, voici dix ans, c'était dans une intention bien précise : me constituer un aide-mémoire. J'enviais cette patiente qui, sans difficulté, pouvait situer chronologiquement avec leur date les moindres événements de sa vie. C'était une mémoire *vivante*, qui ne se contentait pas d'enregistrer. Situer dans le temps faisait revenir au présent et à mon intention (elle n'était pas *privée* d'auditeur, de destinataire) les lieux, les visages, les émotions, les sensations, tout un monde. Ne pas être capable, moi, de me souvenir de ce que j'avais bien pu faire telle année, où j'avais passé mes vacances, quand j'avais connu tel ou tel m'accablait. Alors quoi ? Une année efface l'autre, un jour efface le précédent ! Maintenant c'est plus simple : quand je suis devant un de mes innombrables creux de mémoire (je préfère creux à trous), j'ouvre un de mes cahiers, j'ai la réponse. Et, comme ma patiente, je retrouve la saveur d'un été, la naissance d'une amitié, la perte d'un amour, des soucis qui me taraudaient (je me demande aujourd'hui pourquoi).

Ça m'avance à quoi ? Je n'en sais rien. Peut-être quand même à m'assurer qu'il y a une certaine continuité dans ma vie, une fragile permanence du « Je » à travers les années. Ne serait-ce que quelques bribes du temps perdu me sont, pour un instant, restituées.

*

Parti pris contredisant ce que je viens d'écrire : ne pas dater ces fragments. Ils sont pour moi en marge du temps qui passe, de la *chaîne* du temps. Même quand ils évoquent une circonstance, une rencontre, une lecture d'autrefois, ces circonstances, rencontres, lectures sont mon présent.

Je sors ces fragments des marges de ma mémoire, elle-même fragmentée, lacunaire, pour les porter non au centre — personne n'a en lui de centre ou du moins ce centre introuvable n'occupe jamais le même lieu —, mais pour qu'ils viennent au jour du vif aujourd'hui.

*

Si écrire c'était vouloir retrouver ce temps, au sortir de l'enfance, où, fébrilement, répétitivement, on se cherchait une signature, essayant celle-ci puis celle-là sur une feuille de papier : une signature qui marquerait à jamais notre identité dans ce temps où elle était si incertaine. Comment l'assurer sinon après mille essais en trouvant *sa* signature, une marque qui ne serait qu'à soi ?

« Je persiste et signe » : je signe ma persistance. J'ai hérité de mon patronyme. Mon prénom a été choisi par mes parents. De ma signature je suis l'auteur.

Jean Paulhan, je crois, quelque peu provocateur, avait proposé que les livres paraissent sans nom d'auteur. Personne n'a été preneur de cette utopie.

*

Supervielle : je fais rimer son nom avec merveille. Son art de transformer insensiblement la réalité en poésie, le minéral en aérien. Avec lui, le lecteur change d'élément. Il se sent plus léger sans oublier pour autant, tout comme Supervielle, la persistance de la douleur de l'enfant.

Ce mouvement-là, cette mutation, l'analyse les favorise quand les mots parviennent à décoller, à se décrocher de ce qu'ils croient désigner : cela et pas autre chose.

Les mots du déprimé sont pauvres — il le sait, il en souffre. Ils ne parviennent même pas à dire sa misère, ils ne la traduisent pas : ils la reflètent. Rien ne lui dit rien, telle est sa plainte. Plus douloureuse encore que l'impuissance à parler, que son inappétence généralisée, le constat que le monde est tombé comme lui dans le silence, est désespérément muet. Donner la parole aux arbres et aux oiseaux (c'est le plus facile), au vent comme aux pierres (plus difficile), rendre cette parole aérienne au lieu qu'elle reste rivée au sol, c'est à quoi parvient un poète comme Supervielle-merveille, c'est ce qui me donne confiance dans les pouvoirs fragiles de l'analyse. Le psychanalyste n'est pas un poète, tant s'en faut, mais il arrive que par sa médiation ce que nous appelons à tort « les choses » ou le « monde extérieur » soient, plus intensément que nous, une parole vivante.

*

J. comme tout un chacun (peut-être un peu plus) a besoin d'être aimée. Au moins reconnaît-elle ce besoin, elle souffre de devoir toujours le satisfaire, de chercher encore et encore des preuves d'amour.

Elle vient de publier un livre qui a été bien accueilli, lui a valu des éloges. Seulement jamais un écrit ne lui dira : « Comme je te rends grâce de m'avoir fait si beau, si intelligent ! Comme je te regarde avec amour ! » Un livre, cet enfant-là, ne vous dit rien, ne vous regarde pas. Il est détaché de vous, indifférent.

G. dans sa chambre d'hôpital, autrefois dénommé « Hospice des incurables »... Souriante, le teint rose : effet euphorisant de l'oxygène ? Elle sait qu'elle va mourir d'un jour à l'autre, elle me le dit, elle voudrait « tenir jusqu'à Noël » et rentrer chez elle pour y mourir. Un calme, un naturel inouïs. Comme si de rien n'était. Et peut-être après tout la mort n'est-elle rien.

Quand je la quitte en lui disant que je viendrai la revoir la semaine suivante, elle me réplique en souriant : « Si tu me trouves », comme le ferait quelqu'un à qui on annoncerait une prochaine visite et qui vous dirait : « Téléphone quand même avant, au cas où je ne serais pas chez moi ce soir-là. »

*

Messe d'enterrement de G. J'écoute les paroles lénifiantes du prêtre d'où soudain ces mots se détachent : « Le Seigneur détruira la mort. » Voilà qui nous change du discours habituel : délivrance, promesse de vie éternelle, radieuse. Pas de déni de la mort dans ce *détruira*, mais la même violence que dans la mort elle-même, qui a enfin trouvé un adversaire à sa taille. La mort existe bien, elle n'est pas un passage, un trépas. Mort à la mort.

Je vais chercher dans la Bible — en ai-je une ? — quel prophète intraitable a osé menacer la mort de destruction.

*

Par sa profession, cet homme est en contact quotidien avec la mort, celle qui est advenue, celle qui, d'ici une semaine, un an, va venir. Elle est déjà au travail. Elle ne se laisse pas longtemps oublier. Pour lui, et pas seulement bien sûr du fait de sa profession, la frontière entre les morts et les vivants est des plus ténues. On dirait qu'il peut la franchir dans un sens ou dans un autre.

La nuit dernière, il s'est réveillé saisi par une crise d'angoisse proche de la panique. Il s'est levé, s'est tenu quelques instants *debout*, mais il n'a vraiment retrouvé le calme que lorsque sa femme a touché son corps. Alors, il s'est senti vivant, il l'a sentie vivante et il a pu se rendormir.

Le silence pour lui a deux faces. Il y a un silence, comme celui que produit la neige, qui l'angoisse, c'est un silence qui assourdit tous les bruits de la vie. Il y en a un autre qu'il affectionne, celui sans paroles qui lui permet d'entendre le chant des oiseaux, le bruissement du feuillage. Alors il est à l'abri de tout ce qui le menace, du dedans et du dehors. Même les choses inertes, même les pierres respirent.

Le sentiment de *vide* : le plus souvent, ce vide — de pensées, d'émotions — est un temps plein, il est peur de l'informe ; pire : d'un chaos. Il signale l'effroi de se confronter à des forces inconnues, immaîtrisables, qui ne s'opposent pas même entre elles (le conflit) mais s'entremêlent sauvagement. (Je devrais me plonger dans la *Théogonie* d'Hésiode.)

Se sentir *chuter* dans le vide, c'est autre chose, peut-être proche du fantasme d'être enterré vivant. Terreur à l'idée de chuter hors du monde. F. (c'est une enfant dont la mère s'est jetée par la fenêtre) se représente dans une tombe avec une petite cheminée qui ouvre sur l'extérieur.

*

Quand j'ai beaucoup rêvé et que demeure l'empreinte des rêves, non de leur contenu, je me sens lourd, sans entrain (rien ne m'entraîne) comme si les rêves avaient capté toute mon énergie.

L'inertie était aussi dans le ciel, ce matin-là. Ce n'est pas le gris du ciel qui suscite la morosité mais sa fixité. Que les nuages bougent, qu'un vent léger fasse bruisser les feuilles, cela va déjà mieux. Toujours présent en moi, avec insistance, le couple mobilité-immobilité, vie-mort. Est-ce que cela aussi vient de l'enfance, de ma mère, de l'appartement de la rue P., de ce que j'avais appelé dans la première nouvelle que j'ai écrite « Concession à perpétuité », inscription que j'avais pu voir gravée sur certaines sépultures du Père-Lachaise dont celle où était enfoui mon père ? Un père dont je suis convaincu qu'il n'a jamais cessé de m'accompagner et que je n'ai pas quitté.

*

Il commence toujours sa lecture du *Monde* par le « Carnet » où sont annoncés les décès (ceux qui bénéficient de quelque notoriété figurent dans la rubrique « Disparitions », ce qui laisse espérer un départ temporaire, mais dans les deux cas le mot mort est banni).

Il gagne à tous les coups. Morts plus jeunes que lui, c'est bon : il a l'avantage d'être toujours en vie. Morts beaucoup plus âgés, c'est mieux encore : il a du temps devant lui. Il peut aussi me dire, à un mois près, la date de naissance de ses amis. Il ne me parle jamais de sa mort et je crois bien qu'il ne pense qu'à ça.

Tout à l'heure, j'ai entendu un de mes patients me faire part de ce qu'il tenait pour une découverte : « Ils mentent et se mentent à eux-mêmes ceux qui déclarent que ce qui les effraie dans la mort c'est de laisser leurs proches dans le désarroi : "Que vont-ils devenir sans moi qui étais leur seul appui, ce sera l'effondrement." Mentent encore plus ceux qui, après la mort de l'être aimé — "je l'aimais tant, il était tout pour moi" —, se lamentent : "Comment pourrais-je continuer à vivre sans lui ? le courage me manquera." Foutaises ! Moi, je sais ce qui m'angoisse, c'est la perspective, la certitude d'être à jamais séparé de moi-même. La mort, ce n'est rien d'autre que cela et ça m'est insupportable : l'idée que je vais me quitter, une fois pour toutes. »

Ce qu'il affirme là avec une force inhabituelle chez lui me laisse perplexe. Je me dis qu'il n'a sans doute pas tort, qu'il voit clair là où nous préférons rester aveugles. Puis : « Quel cynique, ce type-là ! » (« ce type-là », pour mieux me distancer de lui). Après quoi je me demande d'où lui vient ce besoin de n'être pas dupe de ce qu'il dénonce chez les autres comme mensonge, hypocrisie. N'aurait-il jamais aimé ? jamais connu la douleur d'être quitté, abandonné, délaissé, séparé ? jamais imaginé qu'on puisse mourir de chagrin ou s'en vouloir, à mort..., de survivre ?

Je me souvenais pourtant qu'il était venu me voir après ce qu'il appelait une rupture amoureuse difficile. Oui, mais qu'est-ce que ça prouvait ? Peut-être n'était-il qu'un cœur sec ? Peut-être n'avait-il aimé qu'une expansion de lui-même ? « Amour narcissique », se plaît-on à dire, par opposition à l'« amour d'objet ». Soit, mais que vaut cette distinction ? Même quand nous sommes convaincus que c'est l'autre, la radicalement *autre* qui nous attire chez cette femme, n'est-ce pas une autre part de nous-même, celle que nous refusons en nous, celle à laquelle nous n'avons pas accès, qui nous fascine et nous aimante ?

Voici que je reviens à mon point de départ : cet homme, décidément, n'a pas tort. Si lassant, si déplaisant, si pénible souvent que puisse être notre compagnonnage avec nous-même, nous n'avons vraiment aucune envie de nous fausser compagnie ! Définitivement.

*

Comment nous y prenons-nous pour tenir notre mort à la fois pour certaine et improbable ?

*

Le mot, plus guère usité, de sénescence, pendant négatif de l'adolescence : non pas un *état*, comme le suggère vieillesse, mais un *processus* auquel on est soumis et qui rattache l'humain à l'ordre végétal, animal, le rend dépendant des lois de la nature. Comment consentir à n'être qu'une étape d'un processus ? Comment l'admettrait-il, celui qui est assez fou pour se croire, à défaut d'en être le maître, l'agent de sa vie ?

A. ne l'admet pas. Elle recourt à la chirurgie esthétique (réparatrice), multiplie les séjours dans des instituts de thalassothérapie, cherche à séduire des hommes plus jeunes (elle y parvient parfois). Refus d'être une « vieille dame » — comme se plaisait à l'être, dès soixante ans, ma grand-mère, si belle, si discrètement élégante... —, volonté acharnée de rester une jeune fille alors que c'est désormais l'ombre de la mort qui s'étend sur la jeune fille en fleurs d'autrefois (des fleurs aujourd'hui plus que fanées, celles-là ne manquent pas de charme : flétries).

Adolescence : temps de l'incertitude, oscillation anxieuse entre « tout est possible » et « rien n'est possible », entre « tout peut m'arriver » et « il ne m'arrive rien » ou « je n'arrive à rien » : *no future.*

Sénescence : qu'est-ce qui peut arriver sinon la mort ? Pourtant — j'ai pu le constater chez des patients très âgés — il n'est pas rare que la vieillesse, loin d'être ressentie comme un déclin progressif, comme une involution, soit vécue comme un renouveau ; perte des inhibitions, desserrement des nœuds qui entravent : une forme d'adolescence dans ce qu'elle a de positif. Réveil de la libido, pour peu qu'on donne à ce mot repris par Freud à la tradition, une large acception : elle a plus d'un tour dans son sac, cette libido migrante, ses objets sont multiples, elle ignore la mort.

*

Depuis qu'elle s'est cassé le col du fémur, elle ne quitte plus son lit, les rares paroles qu'elle prononce sont confuses, elle paraît s'être déjà absentée de notre monde. Pourtant, elle garde quelque coquetterie : elle porte une chemise de nuit en satin rose, je dis « de nuit » mais l'alternance du jour et de la nuit n'existe plus pour elle qui somnole le jour et dort mal la nuit où elle pousse des cris qui exaspèrent les voisins. Sa vieille servante, qui, bien qu'elle n'ait plus affaire qu'à une pauvre petite chose, continue à l'appeler « Madame », lui confectionne des plats succulents qu'elle n'a pas à mâcher, comme pour un bébé. Et le soir, souvent, elle lui donne à boire une gorgée de champagne. Et alors la très vieille femme dit : « C'est bon. » C'est son ultime jouissance. Ses derniers mots, quand sa tête s'affaissa sur l'oreiller, avec encore une bulle de champagne aux lèvres, furent ceux-là : « C'est bon. »

*

Parfois, surtout quand je me trouve dans une période qui m'est favorable, j'ai le sentiment très fort que je suis dans « la fleur de l'âge », que mon plaisir à vivre n'a jamais été aussi vif, et je suis porté par l'illusion que de nouvelles possibilités s'ouvrent à moi. Sentiment qui n'est pas en contradiction avec, mais sans doute suscité par, le savoir, aussi difficile à récuser qu'à accepter, que le temps qui me reste est désormais compté (il l'est toujours, mettons qu'il se réduit).

Mettre les bouchées doubles avant qu'on ne vous retire votre assiette !

*

Je l'ai reçue une fois par semaine pendant des mois. Comme elle était réservée, prudente, aussi lisse dans ses paroles que l'était son visage, prompte à atténuer avec le sourire tout ce qui, dans son passé, son présent, risquait de laisser deviner de la souffrance, d'éveiller de l'angoisse, de faire surgir en elle un conflit entre ses aspirations — je l'imaginais en jeune fille éperdument amoureuse, quelque peu exaltée — et la vie éteinte qui était aujourd'hui la sienne !

Le cancer dont elle voulut se croire, un temps, guérie se généralisa. Les traitements, mois après mois, se font de plus en plus pénibles, agressifs. Je la vois dépérir. Nous savons, l'un comme l'autre, que la mort approche. Souvent l'humour nous — je dis : nous — fait du bien. Dans le même temps où le cancer gagne du terrain, quelque chose comme un « amour de transfert », non déclaré, et d'autant plus actif, éclôt et se développe.

Jusqu'au jour où elle me fait don de ce qu'elle me désigne comme étant un *arbre de vie* : l'image d'un arbre dans une petite boule de verre, un arbre qui porte des fleurs qui sont autant d'étoiles colorées.

Voulait-elle me transmettre cette vie qui allait la quitter et que, jusqu'au bout, j'avais cherché à lui insuffler ?

Ce don fut son adieu.

*

Egon Schiele a écrit : « Tout ce qui vit est mort. » Lui qui a pu dire : « Le peintre sait regarder mais voir est quelque chose de plus », *voit* la mort dans l'amour, dans l'étreinte, il voit sur la chair transparente les faisceaux de nerfs d'un corps disséqué.

La caducité suscite deux sentiments opposés : celui de la disparition de toutes choses, inéluctable et déjà en train d'opérer, celui du miracle, de la grâce de ce qui apparaît. Cette conjonction de deux sentiments — l'attraction vers la mort et l'attrait de ce qui se présente là, offert pour un instant, précieux : l'éphémère — suscite aussi bien la mélancolie que l'allégresse, une allégresse d'autant plus vive qu'on en mesure la fragilité.

Si c'était quand le corps commence à se déglinguer qu'on ressentait que l'âme n'a pas d'âge. Les deux perceptions vont de pair. La perception d'un corps diminué, malade, mortel s'accompagne du sentiment que notre « âme » ignore le temps qui passe, qu'en nous-même tous nos âges sont présents, se mêlent et ne font qu'un. L'impérissable, l'indestructible, à défaut de l'immortel, est comme appelé en contrepartie de la conscience devenue plus évidente qu'on a de son corps déclinant. Refus de la défaite.

J'imagine mal un tout jeune homme comme Guillaume penser que son âme n'a pas d'âge : elle a l'âge de son corps. L'union de l'âme et du corps est le privilège, qu'elle ignore, de la jeunesse. Plus ça va, plus le corps et l'âme se désunissent.

*

Réunion psychanalytique où il est question de l'âme. Un mot présent chez Freud (*Seele*) sans connotation religieuse (quel chrétien oserait soumettre à une dissection l'« appareil de l'âme » ?) et auquel les analystes d'aujourd'hui ont souvent recours.

L'âme : logée dans le corps (où donc ? dans un organe ? partout ?) mais différente par nature de lui, de là l'idée de l'immortalité par opposition au corps périssable, de là aussi le fantasme du double.

L'âme, le souffle : ce qui anime ; opposition entre le corps vivant, animé, mobile et le corps cadavre.

Y a-t-il contradiction entre deux conceptions ? Celle d'une âme inusable (immortelle) et celle d'une âme qui anime, fait bouger, insuffle le vivant ? Cette bipolarité, Freud y répond à sa manière en différenciant *Libido* et *Éros* : Éros est dirigé sur un objet et comme aimanté, parfois possédé, par lui — qu'il s'agisse de Dieu, d'une idéologie, d'un être humain —, alors que la libido ne va nulle part, ne cesse de se déplacer, est sans lieu d'origine assignable et sans destination fixe. Elle parcourt le corps aussi bien que le langage et la pensée.

Ce que j'appelle souvent animation — une séance animée, une parole, une mémoire qui s'animent —, et qui n'est pas réductible à de l'excitation, relève de la migration libidinale. Rien de tel qu'un amour de transfert intense, triomphe d'Éros, pour entraver, arrêter le mouvement de l'analyse.

*

Document impressionnant sur Arte : *Les Chiens de guerre.* Ce sont des mercenaires, pour la plupart venus de l'armée britannique, qui se battent aux côtés des Croates. Ils disent sans honte mais sans arrogance leur plaisir à tuer, bien plus intense que toute drogue. Ils déclarent qu'ils pourraient aussi bien combattre dans une autre armée mais, comme il se trouve qu'ils sont avec les Croates, ils adhèrent à leur cause. Voilà ce qu'est devenue une brigade internationale : un ramassis de mercenaires. Je les crois quand ils disent qu'ils ne font pas ça pour de l'argent — ils sont fort mal payés. Non, ce qu'ils apprécient dans le métier, c'est de tuer.

Des machines à tuer je n'en rencontre pas tous les jours. Mais des machines à détruire, à se détruire, oui.

*

L'Espèce humaine de Robert Antelme. Beaucoup plus qu'un témoignage. Dire la souffrance, l'abjection, le sordide, la faim, les copains, bref ne jamais quitter « le camp de travail » et, sans jamais trahir l'horreur absolue de l'expérience, s'obstiner à la penser. Totale humilité et totale intelligence. Est-ce d'avoir pu penser la chose qui a sauvé (de justesse) Antelme de la mort ?

Je le revois traverser le jardin de la N.R.F. pour rejoindre sa table de *travail* dans le pavillon de la Pléiade, d'un pas lent et lourd, le béret vissé sur la tête. Il ne pouvait pas oublier, il était toujours *là-bas*.

Sans doute aussi souffrait-il d'avoir quitté le « Parti » où il avait cru trouver — cela n'a pas duré — une sorte de communauté fraternelle.

*

J'ignorais que l'auteur du *Petit Chose*, ce roman d'une tristesse un peu mièvre, très sentimental, avait pu parler de la douleur comme il l'a fait dans des notes, publiées après sa mort sous le titre *La Doulou*. Saisissant constat clinique à la fois à distance et au plus près de ce qu'il endure. « Dans tous ces maux, toujours l'impression de fusée qui monte, monte, pour éclater dans la tête en bouquet. » À la question qui lui est posée « Qu'est-ce que vous faites en ce moment ? », Daudet répond : « Je souffre. » Et ceci, plus fort encore, qui dit le lien intime que le malade, que tout un chacun entretient avec *sa* douleur, ce corps étranger qui, jour après jour, s'infiltre puis s'installe en nous : « Je peux dater ma douleur comme Mlle de Lespinasse datait son amour. »

Je me souviens d'avoir lu quelque part ces mots d'un galérien anonyme : « La douleur pénètre jusqu'aux os et jusqu'au plus profond de l'âme. » Et ceux-ci d'un prisonnier nommé Oscar Wilde : « Il y a dans la douleur une réalité intense, extraordinaire. »

Réalité. Notre mémoire, nos amours, nos perceptions même sont imprégnées d'imaginaire. Nos émotions sont fugitives et peuvent être trompeuses. Nos désirs sont inconstants. La douleur, elle, ne trompe pas, elle ne lâche pas prise. Et, qu'elle soit physique ou psychique, elle occupe tout le terrain. Je ne suis rien d'autre qu'elle. La Douleur, la Doulou, avec un D en lettre capitale, comme l'écrit toujours Daudet.

*

F. que ses enfants refusent de voir depuis qu'elle a quitté il y a des années le « foyer conjugal » me parle de sa vieille mère atteinte de la maladie d'Alzheimer. Cette mère, chaque fois qu'elle l'évoquait, c'était en des termes très critiques, très durs, dénués de compassion en tout cas. Et voici qu'à propos de cet Alzheimer et de son évolution inéluctable, les larmes lui viennent : « Jamais je ne supporterai que ma mère ne me reconnaisse pas. »

Ne plus être reconnue par ses fils. Risquer de ne plus l'être par sa mère : la boucle se refermerait.

Les enfants nés sous X cherchent à tout prix, un jour ou l'autre, à savoir qui est leur « vraie » mère. À quel ventre, de quelle chair ils sont issus. Ils enquêtent, ils sont en quête de cette mère-là. La qualifier de mère biologique par opposition à la mère adoptive ne me satisfait pas. Cette « mère-là » a pour nom Origine. Au-delà de nos petites mères y aurait-il toujours une Mère originaire ?

Je pense à la passion généalogique qui s'empare souvent des hommes quand vient l'âge de la retraite. S'inscrire dans une lignée, construire un *arbre* avec ses racines, sa ramure, une tentation pour conjurer le néant derrière soi et le néant dans lequel ne va pas manquer de vous précipiter la mort prochaine. Ne pas mourir sous X.

*

« La fatigue est comme une mauvaise mère, comme une mère qui ne se lève plus la nuit pour nous réjouir de sa voix, pour nous combler de ses bras » (Christian Bobin). À ce compte, je devrais être tout le temps fatigué !

*

C'était le jour de mon soixantième anniversaire. J'ai ma mère au téléphone. Elle me demande : « Au fait quel âge as-tu ? » Je le lui dis. « Mais alors tu es un vieillard ! » Elle a quatre-vingt-dix ans. Elle s'affaiblit de jour en jour.

Je ris de bon cœur en même temps que j'ai les larmes aux yeux. Elle est devenue cet enfant qui regarderait un adulte avec ses yeux d'enfant et s'écrierait : « Comme il est vieux celui-là ! »

D'ailleurs, j'en viens à collecter les mots de ma mère comme les mères collectent les mots de leurs enfants.

*

Nombre impressionnant de livres — pour ne rien dire des manuscrits non retenus pour publication — que leurs auteurs consacrent à leurs parents, surtout à leur mère, après leur mort. Je viens d'en lire un qui sort du lot. Il est de Jean-Noël Pancrazi ; il a pour titre le nom de sa mère, *Renée Camps*. Les phrases se font de plus en plus longues, avec de plus en plus d'incises entre tirets comme si Pancrazi voulait prolonger indéfiniment le lien avec sa mère, ne pas le lâcher. J'imagine qu'il ne fut pas un très « bon fils » et que, lorsque la mort approche et qu'elle est survenue, le besoin est d'autant plus fort de se réconcilier avec sa mère jusqu'à reconnaître qu'on lui ressemble, à la limite qu'on ne fait qu'un avec elle. La force de ce livre tient pour une large part en ceci : c'est dans son style, dans son écriture comme on dit aujourd'hui, et pas seulement dans le récit et ce qu'il évoque de la relation difficile entre une mère et son fils, que le lien indissoluble est inscrit. Alors le lecteur en perçoit pour lui-même l'actualité.

*

Irritants ces gens qui, vous croisant dans la rue, vous disent : « Tu as l'air fatigué ou soucieux ou en pleine forme » et qui se trompent le plus souvent.

P. quand je lui ouvre la porte scrute mon visage. À défaut de pouvoir lire mes pensées on dirait qu'il cherche avec insistance à deviner mon humeur. Il me rappelle ces mères qui disent à leurs enfants : « Tu as l'air malheureux ou tu as l'air de quelqu'un qui me cache quelque chose. » P. a entendu ces mots-là.

Avec moi il inverse la situation, c'est lui l'inquisiteur.

Il me faudra du temps pour m'apercevoir qu'il avait cherché pendant des années à épier sur le visage de sa mère, si fermée, si silencieuse, ce qu'elle pouvait bien cacher et ce que seuls ses traits pourraient lui révéler : venait-elle de connaître une nuit d'amour ? était-elle malade ? aurait-elle envie de mourir ? son mari avait-il une maîtresse ? à quoi rêvait-elle ? qu'est-ce qui l'occupait que peut-être elle ignorait elle-même ?

Ne pouvant rien capter d'elle, il ne pouvait que chercher à capter ses humeurs sans jamais trouver une réponse à ses interrogations. Et puis elles étaient si changeantes, ses humeurs.

« Elle avait l'air », « vous avez l'air ». Dévisager ne permet d'accéder ni au corps ni à l'âme. Les regards les plus indiscrets ne peuvent rien saisir de ce qui se passe à l'intérieur. Freud ne s'y est pas trompé qui a très vite cessé de regarder ses patients pour n'être attentif qu'à leurs paroles, qu'à leurs silences. Paroles et silences sans visage.

Anecdotes :

1. déjeuner avec J.N. Il me fait part de sa perplexité : devrait-il vendre l'appartement qu'il possède sur les hauteurs de Nice, ce qui lui permettrait d'en acquérir un à Paris où il n'a pu que louer un minuscule studio dans un quartier qu'il exècre ? « Pourquoi pas ? lui dis-je, puisque tu ne vas presque jamais à Nice et que tu vis à Paris. — Oui, mais d'un côté quand je suis à Nice, j'y suis bien, c'est là que je travaille le mieux. — Alors garde-le et arrange-toi pour y aller plus souvent. — Oui, mais d'un autre côté, c'est à Paris que j'ai tous mes amis, à Nice je ne connais personne. » Et cela continue comme ça un bon moment : « d'un côté, d'un autre côté ». Et puis, subitement, J. N. me fixe intensément comme si j'étais son sauveur et me déclare avec un regard éperdu de reconnaissance : « Tu as raison. Grâce à toi, j'ai

pris ma décision : ou bien je vends ou bien je ne vends pas. »

2. Quelqu'un me raconte l'histoire de cet homme qui ne cessait de parler de sa recherche de la « femme idéale », il finirait bien par la trouver, cette femme. Un soir, ça y est, il la rencontre dans un bar : c'est elle. Il lui propose de l'accompagner chez lui. Elle accepte. Là, il découvre que la femme idéale est un travesti. Le lendemain il se suicide.

Deux anecdotes dont Félix Fénéon eût pu tirer des nouvelles en trois lignes. Je pense aussi à Henry James dont la plupart des récits ont trouvé leur source dans une anecdote recueillie au cours d'un dîner en ville : ce qu'il appelait de « petites données », de « petits faits locaux ». Je n'aime pas cette façon qu'ont beaucoup de déprécier l'anecdote : « Ça n'offre pas d'intérêt, c'est anecdotique. » (Même des analystes disent cela et les patients plus souvent encore.)

Quand j'étais en « supervision » collective chez Lagache (« collective », quelle aberration !), il lui arrivait de nous dire lorsque l'un de nous rapportait un menu incident de la vie quotidienne que lui avait raconté son patient : « Écoutez cela comme vous écouteriez un rêve. » J'ajouterais : « Écoutez un récit de rêve comme s'il s'agissait d'un événement réel. » Dans *Choses vues*, Hugo relatait comme s'ils étaient équivalents les événements du jour et ses rêves qu'il appelait des « événements de la nuit ». Événement : ce qui arrive, inattendu.

Celui ou celle qui arrive est rarement celui ou celle qu'on attend.

*

Il était jeune marié à l'époque. Dans le village où il passait ses vacances, il trouvait qu'un vieux paysan du coin faisait trop de compliments à sa femme, lui tournait autour, ce qui finit par l'agacer et il en fit la remarque au vieil homme. La réplique le désarma : « Ah ! Vous savez, à mon âge, ça ne tire pas à conséquence » (avec l'accent du Midi).

Quand je fais la cour aux jolies femmes des éditions Gallimard — mon village —, je pourrais en dire autant si leurs maris s'en offusquaient. À elles je me persuade que mon comportement de séduction bien tempérée fait plaisir.

Je me dis que, dans le transfert amoureux — qui n'est pas l'amour de transfert, moins encore la redoutable passion transférentielle —, les patientes, au fond d'elles-mêmes, doivent penser : « Ça ne tire pas à conséquence ! » (Pourquoi ai-je écrit : les patientes ?) Le transfert amoureux comme protection contre la violence de l'inceste, de l'*acte* incestueux. On peut s'y abandonner sans trop de crainte, c'est même délicieux quand on le croit partagé (ce qui est souvent le cas).

*

Rêve de tendresse amoureuse avec une de mes patientes (qui, « dans la réalité », ne m'attire pas). Nous dormons. Elle sur le sol, le long de mon lit étroit, à une place. Je tends ma main vers elle, lui prends la sienne, nos doigts se mêlent. Sur mon lit un fer à repasser dont je peux contrôler le degré de chaleur et m'assurer qu'il ne devient pas brûlant !

Au réveil : « Il passe, il passe le furet, il *repassera* par là. » Je cherche à me persuader, en bon lecteur des rêves et de Freud, qu'il ne s'agit pas de ma patiente (déplacement, condensation, tout ce qu'on voudra). Je me dis qu'elle doit représenter la petite sœur que je n'ai pas eue. Ma mère ? Vous êtes fou, ou quoi ?

*

« Le fond de l'amour c'est de penser à quelqu'un hors de sa présence, puis hors de propos, puis malgré la présence », écrit Hector Bianciotti rendant compte de la correspondance entre Rilke et Magda von Hattingberg.

Peut-être est-ce là le fond de l'amour. C'est sûrement le cas du transfert amoureux. La présence de l'analyste est la condition nécessaire pour qu'un transfert puisse naître ; mais trop de présence, une présence trop affirmée, en chair et en os, et trop constante, entrave le déploiement du transfert, lui assigne une direction et une seule.

Absent présent, présent absent définit la place, la non-place de l'analyste : cette non-place sans cesse réinventée qui favorise la « correspondance » amoureuse, l'échange de lettres adressées à l'homme inconnu, à la femme lointaine.

*

Quand Freud écrit que l'amour de transfert ne peut pas être différencié d'un « véritable » amour, il reconnaît du même coup que tout amour est amour de transfert, non parce qu'il ne ferait qu'en répéter un autre, infantile, mais parce qu'il crée son objet, qu'il l'invente dans le double sens du mot invention : fiction et trouvaille.

Je me sens plus proche de Proust que de Sartre qui, y allant comme toujours carrément, disait à peu près : « C'est simple, on aime une femme parce qu'elle est aimable. » Même affirmation en ce qui concerne le jazz ou les bananes qu'il est préférable (formule célèbre) de « consommer sur place ».

*

Céleste Albaret sur Proust. Aucune révélation et pourtant comme jamais le sentiment d'être auprès de Proust dans le confinement de sa chambre obscure et en même temps, comme Céleste, incapable de percer le mystère de l'autre chambre obscure qu'est la *Recherche*, cette chambre sans murs, sans frontières entre le dehors et le dedans, ouverte sur l'infini.

Le besoin qu'a Proust de se faire servir et l'incroyable dévouement obtenu de ses serviteurs, dévouement, absolue dévotion qu'il attendait de sa mère. Il exige de Céleste qu'elle aille chez les mêmes « fournisseurs », pour le nettoyage des vêtements, l'achat de biscuits ou... de papier, que « Maman ». La *Recherche* n'est peut-être qu'une très longue lettre — des milliers de pages — adressée à la mère. Une mère adorée, profanée.

*

Déjeuné avec un vieil homosexuel bavard et charmant. À quoi reconnaît-on un vieil homosexuel ? À ce qu'il ne peut s'empêcher, quel que soit le sujet de la conversation, de parler de sa vieille mère — on dirait qu'ils ont le même âge — dans un mélange inextricable d'exaspération et d'amour. Ils s'écrivent « Maman adorée », « Mon petit chéri ». Un couple qui n'envisagera jamais le divorce. Sans doute le seul couple indissoluble.

Comme ils sont liés l'un à l'autre ces deux-là, comme ils sont heureux d'être les seuls à savoir qu'ils se ressemblent à ce point !

Situation inverse. Ce qu'une fille ne supporte pas de s'entendre dire par sa mère : « Tu es exactement comme moi. » « Je la tuerais quand elle me dit ça ! »

Comme j'envie cette ressource qui est la sienne de ne pas souffrir — dit-il — du fait qu'il est privé de ce qui n'est plus à sa portée ! Il aimait faire de longues randonnées à pied, jouer avec ses copains au volley-ball, sortir très tard le soir, courir les filles. De tout cela il n'est plus capable depuis ses « ennuis de santé » (cet euphémisme auquel chacun a recours pour amortir son inquiétude de malade).

« Pourquoi souffrirais-je de ne plus connaître ces plaisirs, puisque je n'en ai plus envie ? Je n'ai renoncé à rien puisque rien de ce que j'ai aimé ne m'attire plus. »

Je me garde de lui dire que l'absence de désir est bien pire que tout renoncement.

*

Au cours de la séance où, pour la première fois, N. dessine un avenir qui soit le sien, elle retrace la vie de ses grands-parents, aussi pour la première fois. Alors qu'elle commence à se dégager de l'emprise et de la folie maternelles, qu'elle cesse d'être la victime complaisante du sadisme de son mari, elle se découvre une généalogie, une « filiation » (mot en passe de devenir une ritournelle depuis que Wladimir Granoff l'a promu) ce qui, du même coup, rend moins violente, moins actuelle la relation transférentielle.

Le temps s'ouvre, se déploie, n'est plus réduit à un passé-présent qui l'immobilisait. Passage d'une répétition agie à une ressouvenance sensible. Mutation du destin en histoire.

*

Il aime l'automne, sa lenteur, les jours qui délicatement laissent place à la nuit et aux lumières des lampes, les feuilles de l'arbre qu'il voit dans la cour d'un immeuble voisin et qui changent leurs couleurs comme si elles étaient l'œuvre d'un peintre sensible à leurs nuances et au passage du temps. « Ah ! si la mélancolie pouvait être toujours aussi douce, sans violence, sans rupture ! »

Il accompagne l'automne, tout au long.

Mais, tous les ans c'est pareil, il loupe la survenue du printemps. Dimanche dernier, éclosion des bourgeons. Le dimanche suivant, des feuilles sur certains arbres, pas sur d'autres. Cela l'irrite : il voudrait que la nouvelle saison manifeste son apparition sans décalage, à l'unisson ou, du moins, selon une évolution continue, perceptible. Or, comme il ne quitte guère son quartier bétonné, il ne voit pas cette continuité. Il ajoute : « Je ne suis jamais là au bon moment. C'est trop tôt ou trop tard. »

Et alors lui reviennent une série d'occasions manquées : les femmes auxquelles il n'a pas su — timidité ? peur d'être ridicule ? — montrer l'intérêt qu'il leur portait. Les examens auxquels il s'est présenté sans être préparé : trop tôt. Le voyage dans un pays lointain auquel il a renoncé et, quand il s'est décidé à l'entreprendre : trop tard ; le pays en question était entre-temps devenu un haut lieu du tourisme, ce qu'il déteste : « Si tout le monde y va, il ne m'attire plus. »

Être l'unique à aimer, à être aimé.

Avec lui, je me sens souvent, de mon côté, en *décalage*, avec la conscience déplaisante d'intervenir trop tôt ou trop tard, de n'être jamais là « au bon moment », celui du véritable commencement de la nouvelle saison.

Qu'est-ce que ce serait d'être né au bon moment ? Avant, c'était l'hiver. J'apparais, je viens au monde et le monde naît avec moi, l'unique : c'est le printemps !

*

Suite à la publication de *Fenêtres* : nombreuses émissions à la radio et même à la T.V., débats chez les libraires, articles de journaux, plusieurs réimpressions du livre. Ce qui me touche le plus, ce sont des lettres de lecteurs. Elles me procurent un plaisir incroyable ! À croire que je n'écris que pour recevoir ces lettres-là, venues d'inconnus et qui sont comme autant de réponses à une lettre que j'aurais adressée à chacun d'eux, à chacune d'elles.

Pourtant l'humeur est sombre (enfin pas tout le temps !). Cette contradiction dans laquelle je suis me demeure largement incompréhensible. J'ai bien à portée de main des explications — le livre suit son chemin autonome, *je* n'est pas lui ; ce succès est immérité, d'ailleurs j'en ai écrit de meilleurs qui n'ont pas eu le même écho ; cette reconnaissance vient trop tard : « Ah, si j'avais été salué comme ça à vingt ans, trente ans, toute ma vie en eût été changée », etc. Mais ces explications n'ont aucune prise sur mon état (genre de propos que j'entends souvent de la bouche de mes patients).

Par qui donc aurais-je attendu d'être reconnu au « bon moment » ? La réponse va de soi.

*

Perversion/sublimation. L. se présente comme étant un artiste, il est reconnu comme tel. Le même L. se désigne comme étant un pervers.

C'est un peintre qui représente des corps. Il ne les défigure pas, il respecte leur forme, il leur donne des couleurs lumineuses. Et, en même temps, subtilement, il les met en pièces. Un corps n'est plus alors qu'un assemblage de morceaux épars, une manière de collage ; la chair ne l'intéresse pas, ni celle des humains ni celle des objets (les objets aussi ont une chair ; voir les « Natures » improprement appelées « mortes »). D'ailleurs L. ne fait pas de différence entre un corps humain et un objet.

Il a une grosse cote sur le marché de l'art. Des musées ont acheté ses toiles.

Sublimation ? Si on accepte la définition d'usage : « dérivation des pulsions vers des buts socialement valorisés », etc.

L. traite la femme qu'il « baise » — il ne dit pas : avec qui il fait l'amour —, et qui se prête au jeu, comme un agrégat d'organes. La femme tout entière, divisée, parcellisée est un organe sexuel. Le faire jouir, cet organe, par tous les moyens, le faire jouir, toujours plus fort, sans limites. Pulsion d'emprise proche d'un désir d'anéantissement de ce qui pourrait s'appeler un *sujet*.

Perversion ? Là aussi si on accepte la définition d'usage : « Primat des pulsions partielles, au lieu du primat de l'organisation génitale », etc. Organisation : soumission à la forme, à son unité.

L'enfant pervers polymorphe. L'adulte qui tient à tout prix à faire preuve de sa normalité (le « normopathe » selon Joyce McDougall) serait-il un pervers monomorphe... et plutôt triste ?

Sublimerions-nous dès l'origine ? Serions-nous tous des pervers plus ou moins contrôlés, plus ou moins amortis, nous efforçant de donner congé à l'enfant sauvage, ne lui permettant de se manifester que dans nos rêves ?

« Dans le domaine de la sexualité les choses les plus élevées et les plus basses sont partout liées les unes aux autres de la façon la plus intime » (Freud, *Trois essais*).

Léonard de Vinci : *La Vierge aux rochers*, *Saint Jean-Baptiste*. Sublime : les « choses élevées », celles qui élèvent l'âme, le doigt levé, le divin sourire. Le même disséquant les corps, dessinant des monstres, des verges, des fœtus : un anatomiste pervers.

Et Pontormo ? L'élégance des formes, les courbes des corps alanguis, la douceur des couleurs : une pure merveille. Le même consignant dans son Journal, tel un minutieux comptable, ce qui entre chaque jour dans son corps par un orifice — la nourriture — et ce qui en sort par un autre — les selles. Obsession de l'impur.

Et Michelet l'enflammé consignant lui aussi dans son Journal la qualité des selles, la fréquence des règles de sa *Madone* adorée.

Autre sens du fragment : le déchet, le rebut.

*

Entendu une mère menacer sa ravissante petite fille qu'elle a dotée du prénom nervalien d'Aurélia : « Si tu bois un jus d'orange, tu auras la courante. » Chute brutale et peut-être salutaire du gracieux au trivial, du haut vers le bas !

*

Je me fais du souci à propos de S. Je crains qu'il ne me confine dans une place de témoin, voire de complice de ses agissements, qu'il ne trouve dans ma neutralité affichée (car, intérieurement, j'oscille entre la curiosité d'un entomologiste et la réprobation d'un juge) qu'une caution du genre « qui ne dit mot consent ». Pourtant, des mots j'en prononce, j'interviens beaucoup, plus qu'à l'accoutumée ; il acquiesce : « Très intéressant, je vais y réfléchir », et cela glisse sur lui comme l'eau sur les plumes d'un canard. Seulement il n'est pas un paisible canard, tout occupé qu'il est, comme il dit et comme nous y invitent les petites annonces de certains journaux, à « réaliser ses fantasmes sexuels ». Je bute là-dessus, je bute sur deux choses. D'abord je me refuse à admettre que la perversion soit une forme de sexualité comme une autre. Ensuite ce que je tiens, dans le cas de S., pour des passages à l'acte, ne me paraît pas consister en une « réalisation » de fantasmes. Mais alors, à quelles forces est-il soumis ? Quelle pulsion le contraint ainsi à se précipiter encore et encore vers la « décharge » immédiate ? J'en parle à V. qui me dit : « Où est le transfert dans cette histoire ? » Je ne manque pas d'éléments pour le qualifier d'homosexuel. Mon trouble viendrait-il de là ? Pourtant j'en ai vu d'autres. Je reste dans le malaise.

Peut-être le seul fait d'avoir écrit ces lignes, dans leur naïveté de débutant déconcerté, m'aidera-t-il. À quoi au juste ? À moins me soucier du destin de S., à ne pas m'identifier à ces mères qui s'affolent quand elles apprennent que leur fils boit, se drogue, passe ses nuits « en boîte » et qu'elles ne peuvent que constater, impuissantes, désarmées, que décidément il file un bien mauvais coton. Mais cette idée de me dégager — « après tout, c'est son affaire » — ne me plaît pas. Dans quoi donc suis-je pris ?

*

Le sujet de la dissertation que doit traiter Laure me plonge dans la perplexité : « Suffit-il de vivre pour exister ? » Je renverse la question : « Suffit-il d'exister pour vivre ? » Puis je reviens à la première dans un aller et retour obsessionnel.

Et voici que ma perplexité m'accompagne tout un temps pendant les séances de ce matin. Écoutant T. si active, toujours prête à aller de l'avant et à « associer », je me dis : « Oui, mais existe-t-elle *vraiment* ? Si toute cette activité incessante n'était qu'un activisme fébrile cachant quelque insuffisance foncière ? » Puis, écoutant M., si assuré d'exister aux yeux des autres et aux siens, je me dis : « Il n'y a aucun élan chez cet homme, il ne demande qu'à être reconnu, à se voir confirmer qu'il existe, il n'y a pas de vie en lui. »

J'ai heureusement passé l'âge de faire des dissertations avec conclusion obligatoire. À tout prendre, mieux vaut la perplexité même si elle ne mène nulle part.

*

Citations du jour. Dans *Terrasse à Rome* de Pascal Quignard : « L'amour consiste en des images qui obsèdent l'esprit. S'ajoute à ces visions irrésistibles une conversation inépuisable qui s'adresse à un seul être auquel tout ce qu'on vit est dédié. Cet être peut être vivant ou mort. Son signalement est donné dans les rêves car dans les rêves ni la volonté ni l'intérêt ne règnent. Or, les rêves, ce sont des images. Même d'une façon plus précise, les rêves sont à la fois les pères et les maîtres des images. »

Et ceci : « Il y a une nuit irrésistible au fond de l'homme. Chaque soir, les femmes et les hommes s'endorment. Ils sombrent en elle comme si les ténèbres étaient un souvenir. »

Dans *Le Veilleur* de Roger Grenier, ces mots, en passant, sur l'insomnie : « Dans la nuit, à la moindre insomnie, l'idée de la mort vous envahit, comme si elle venait s'allonger contre vous. »

Lisant dans *Le Monde* un article consacré à Jaurès dont j'ignorais qu'il avait soutenu une thèse de doctorat *De la réalité du monde sensible*, je m'arrête sur cette phrase de lui : « Il y a de l'invisible jusque dans la lumière. »

Quand me vient l'envie, qui me prend de temps à autre, de prélever dans mes lectures une phrase, quelques mots, une image ? Quand j'ai l'impression de rencontrer, nettement formulée, une idée autour de laquelle je tournais sans avoir pu l'énoncer et voici que cette idée me revient sous la plume d'un autre comme une évidence, une de ces évidences que parfois le rêve vous procure. Il me faut les mots venus d'un autre, venus d'ailleurs, pour relancer le mouvement qui me fera, avec un peu de chance, trouver les miens.

Ce qui me gêne dans les meilleurs travaux psychanalytiques que j'ai pu lire ces derniers temps, ce n'est pas tant qu'ils se réfèrent à Freud presque à chaque paragraphe dans une lecture toujours plus attentive aux mots de sa langue, une lecture initiée par Lacan, poursuivie, prolongée par Laplanche, Granoff, quelques autres. Non, ce qui me gêne, c'est l'aveu implicite qu'un psychanalyste ne pourrait penser qu'à partir de ce qui a déjà été pensé (par Freud). Ce qui est vrai pour le philosophe qui ne peut s'inscrire que dans l'histoire de la philosophie — même la rupture de Heidegger avec la métaphysique suppose une longue fréquentation des métaphysiciens — me paraît moins vrai pour le psychanalyste. Ce qui lui donne éventuellement à penser c'est le non-pensé à quoi le confronte toute analyse pour peu qu'il ne soit pas à l'affût de la signification et ne veuille à tout prix donner du sens. Les analystes auraient-ils si peur de séjourner dans l'informe ? Quand un de mes jeunes collègues me confie, un peu contrit, « Je n'y comprends rien », je me dis : « C'est bon signe, il commence à devenir analyste. » Je crains que la sacralisation du « texte freudien » — on ne parle plus d'œuvre, mais de *texte* — ne fasse passer au second plan l'expérience, cette autre source de nos pensées, source plus actuelle, plus troublante, plus inquiétante, car il ne s'agit plus là de lire ou de commenter.

Quand certains écrits psychanalytiques deviennent-ils illisibles ? Quand la pensée de l'auteur, s'enchantant d'elle-même, de ses circonvolutions, de ses prouesses en vient à se prendre pour objet au lieu d'aller vers l'objet pour en révéler la richesse latente, comme le peintre va sur le motif.

*

Elle dit qu'elle ne comprend rien à ses enfants. Comme on les a fabriqués, on voudrait qu'ils nous soient plus intelligibles que les autres êtres humains. Eux, de leur côté, s'emploient, sans que ce soit forcément délibéré de leur part, à être le moins transparents possible face à notre regard attentif, inquiet, aimant et toujours plus ou moins intrusif. « Raconte. Qu'as-tu fait aujourd'hui ? D'où viens-tu ? À quoi penses-tu ? »

Elle est convaincue que je la « comprends ». Mais non, je ne la comprends pas et même je me réjouis qu'elle me soit incompréhensible. Mais allez lui faire comprendre ça !

Résister à la tentation de l'empathie, au désir de répondre à l'attente de l'enfant incompris — nous sommes tous cet enfant-là.

Garder en mémoire ce passage de *Six personnages en quête d'auteur* : « Comment pouvons-nous nous comprendre, monsieur, si dans les mots que je dis je mets le sens et la valeur des choses telles qu'elles sont en moi ; alors que celui qui les écoute lcs prend inévitablement dans le sens et avec la valeur du monde qu'il a en lui ? On croit se comprendre, on ne se comprend jamais ! » Pirandello : chacun sa vérité — plutôt : chacun son mensonge.

Quel usage fait mon patient de ce que je lui dis ? celui qui lui convient le mieux, le conforte dans son amour ou sa haine de soi, l'assure que son histoire est bien, telle quelle, celle qu'il me raconte. Et moi ce que je lui dis, ce que je prétends lui interpréter, c'est bien souvent ce qui me soulage, m'apaise ou ce que j'aimerais m'entendre dire ; j'ai alors le sentiment de m'être enfin compris.

L'analyse ne devrait-elle son efficacité qu'à un fondamental *malentendu* ?

*

Freud, même dans ses textes les plus difficiles, les plus *résistants* — résistants parce que c'est la « chose inconsciente » elle-même qui résiste — se refuse à ne s'adresser qu'à un petit cercle de connaisseurs, d'initiés, d'élus : il ne fixe pas de limites. Il semble toujours dire à ses lecteurs : « Si ce que vous lisez vous paraît étrange, obscur, irrecevable, d'une excessive complexité, ce n'est pas de mon fait, ce n'est pas pour vous tenir à l'écart, c'est que ce à quoi j'ai affaire est étrange, obscur, irrecevable et encore plus complexe que vous (et moi) ne le pensons. J'ai affaire à ce qui résiste. »

Quand il prononce des conférences pour introduire à la psychanalyse, son auditoire est restreint : quelques étudiants en médecine, quelques curieux et curieuses. C'est égal, à travers l'inaugural *Meine Damen und Herren* — plus qu'un rituel —, la voix porte au-delà, chacun, en droit, peut l'entendre. L'adresse est sans destinataire assigné. Comme dans toute analyse, le destinataire a pour nom l'inconnu.

Il n'y a pour Freud qu'un hermétisme, celui de l'inconscient. Inutile d'en remettre !

Freud, héritier des Lumières, confiant jusqu'au dernier jour dans le progrès de la « vie de l'esprit ». Et le même Freud, ou un autre, penseur tragique (Œdipe, la lutte à mort, le démoniaque). Coexistence en lui des deux. Tension permanente entre les deux polarités qui assure à l'œuvre freudienne à la fois son mouvement, ses contradictions, ses reprises, et son inachèvement qui fait qu'aujourd'hui encore nous y venons et revenons, que nous nous battons avec elle, comme pour lui en faire dire toujours plus, autre chose. C'est qu'elle nous résiste, de là notre insistance.

*

Émouvant, l'effort de Thomas Mann (« La Place de Freud dans l'histoire de la pensée moderne », 1929 ; « Freud et l'Avenir », 1936) pour laver Freud de tout soupçon d'obscurantisme ; non, tout au contraire, Freud est un éclaireur, un éclaireur de l'obscur, il ne célèbre pas la Nuit, comme le firent les romantiques, invoquant sa « lanterne magique », il déchiffre les messages de ce produit de la nuit qu'est le rêve.

Il importait d'affirmer cela en un temps où le national-socialisme commençait ses ravages, se propageait comme la peste, ce temps où la mort, selon la belle formule de Laurence Kahn, « changeait de couleur » (La « Nuit des longs couteaux », la « Nuit de cristal » qu'allait conclure « Nuit et brouillard »).

Courageux aussi de la part de Mann qui reconnaissait qu'il appartenait, lui encore, au romantisme.

Conjonction admirable chez Freud de la *Vernunft* et du *Dämonisch*, de la raison kantienne et du démoniaque, alors que nous inclinons toujours à les disjoindre, à séparer le Bien et le Mal, à tenir pour incompatibles les accomplissements de l'art et la force des pulsions inéducables, à opposer la civilisation et la sauvagerie. Et pourtant...

*

La jeunesse viennoise de Stefan Zweig tout animée, traversée pour lui et ses camarades par la passion de la littérature, de la poésie, de la musique, du théâtre, de tout ce qu'on appelait alors les Beaux Arts (et pas encore le « culturel » à tout-va). À croire que la sublimation était première, que la pulsion était d'abord orientée vers la connaissance, vers le beau, le spirituel.

Émouvante illusion de cet homme et de tant d'autres portée par la conviction que seule la vie de l'esprit définit l'humain. Illusion que le siècle destructeur — la boucherie de la guerre 14-18, les usines de mort du nazisme — allait, coup après coup, mettre à mal jusqu'à l'anéantir. Zweig se suicidera en 1942 au Brésil où il s'était exilé.

L'opposition civilisation/barbarie s'effondre quand la barbarie est incluse dans la civilisation, quand l'inhumain est au *cœur* de l'humain.

Zweig dit des Juifs qu'ils n'aspirent pas à l'argent mais au spirituel. Quand Freud dans l'*Homme Moïse* voit dans la *Geistigkeit* la condition du progrès de la civilisation, il est dans le droit fil de la tradition judaïque... Ces lignes du *Monde d'hier* : « La richesse n'est pour le Juif qu'un degré intermédiaire, un moyen d'atteindre le but véritable. La propre volonté du Juif, son idéal immanent est de s'élever spirituellement, d'atteindre un niveau spirituel supérieur [...]. Déjà dans le judaïsme orthodoxe de l'Orient, le pieux, le savant versé dans la connaissance des écritures est mille fois plus estimé que le riche dans l'intérieur de la communauté. »

Stefan Zweig longtemps traité avec quelque condescendance : auteur superficiel, prolixe, polymorphe, conférencier mondain. Redécouvert aujourd'hui. Freud avait de l'estime pour lui et Zweig écrivit un *Freud* qui témoigne de leurs affinités.

Relire ses nouvelles. *La Confusion des sentiments*, *La Peur* et son roman *La Pitié dangereuse* qui m'apprit jadis à me méfier de ce que peut inspirer la compréhension au nom de la bonté : vouloir sauver les âmes délaissées, réparer les vies blessées.

Le dernier écrit de Stefan Zweig : *Le Joueur d'échecs*.

« La mémoire est un lieu magique où coexistent jadis et maintenant, l'absence et la proximité, la cause et l'effet, les vivants et les morts. Par elle, les êtres sans ubiquité, sans longévité que nous sommes tiennent ensemble tous les moments, tous les lieux, s'élèvent, un instant, au-dessus d'eux-mêmes. » Ce que Pierre Bergounioux dit là, je le dis du rêve.

Mémoire et rêve seraient-ils équivalents ? Rêver et se souvenir ne seraient-ils qu'une seule et même activité ? Oui, mais pour une part seulement. Car il me semble que la mémoire, même celle qualifiée d'involontaire, tend vers une certaine forme, à commencer par celle du souvenir. Alors que le rêve — je ne parle pas du *récit* que nous en faisons, mais du *rêver*, de l'activité rêvante — a quelque chose d'anarchique : il met en connexion des sensations, des traces inscrites dans les temps les plus divers. S'il est mémoire il est mémoire de fragments. Il est par nature rétif à toute forme, il défie toute signification. Il a fallu toute la passion obstinée de Freud pour trouver un sens à cette production insensée de nos nuits et, *conjointement*, lui assigner une finalité (l'accomplissement du *Wunsch*). Dévoilement du secret du rêve, du symptôme névrotique, tout le reste suit. Plus tard, passé le temps de la conquête et de l'exaltation, il faudra déchanter (narcissisme, résistances du ça, masochisme, réaction thérapeutique négative, pulsion de mort).

*

Constance de mon refus d'instituer une opposition tranchée entre le langage et le visuel.

Le langage, à condition de ne pas le réduire à un code ou à une émission de signaux (type de ce qui est appelé abusivement « langage » des abeilles), donne aussi à voir. Flannery O'Connor qui reçut ce conseil : « Apprenez à peindre avec des mots » déclare : « Je ne vois pas très bien ce que je pense jusqu'à ce que je voie ce que je dis. » Je me reconnais dans ce propos.

Et l'image ? Elle n'a pas pour finalité de reproduire le visible, mais d'aller au-delà de lui. Cela se vérifie déjà avec la photographie, plus encore avec la peinture qui n'est jamais pure ressemblance. Le portrait n'est pas un miroir, il révèle ce que je me cache.

Différence entre un imagier et un peintre. Magritte, dont j'ai vu une exposition récemment, n'est souvent qu'un imagier. Ingénieux, farceur, il n'est pas vrai qu'il atteigne le surréel.

Le trompe-l'œil : il ne trompe qu'un moment. Et il est un éloge indirect de la peinture non ressemblante.

C'est le terme d'image qui, dans son emploi extensif, favorise la confusion comme si on pouvait assimiler ce qui apparaît sur un écran de télévision et les apparitions qui viennent nous visiter dans nos rêves, comme si on pouvait ranger dans le même sac un leurre et une icône !

Ambiguïté aussi du mot *figure*. Elle met pareillement à mal la pertinence d'une franche répartition entre le langage et le visuel. Le mot appartient aussi bien à la rhétorique, au discours (figures de style, du discours) qu'aux arts (dessin, peinture, danse). Le mot latin *figura* dérive du *tropos* grec, tour, détour, détournement. Figurer, c'est déjà détourner le regard de ce que croit saisir la perception immédiate, c'est déjà recourir aux signes.

Méfiance pourtant de ma part vis-à-vis d'une sémiologie généralisée, issue de Saussure et voulant s'annexer, avec Barthes et d'autres, tout ce qui pourrait s'apparenter au langage. Soit : je peux « lire » un tableau, mais d'abord je le contemple et je me laisse regarder par lui.

Je me refuse à n'être qu'un lecteur de signes. Mon plaisir de lecteur n'est jamais réductible à un plaisir du *texte*.

Pourquoi aucun peintre n'est-il parvenu à peindre un rêve ? Parce qu'un rêve est mouvement ? Mais alors le cinéma en serait capable. Or il ne l'est pas davantage. C'est donc que chaque art a son propre mode opératoire qui n'est pas transférable dans un autre. Le travail du rêve n'est pas celui du peintre, leurs ateliers se situent dans des lieux différents. Et l'atelier du psychanalyste ? Proche de l'atelier du peintre : donner une forme mouvante à l'informe, jamais une image fixe, tracer des lignes. Proche de l'atelier du rêve : entrelacs du visible et du lisible.

L'importance que j'accorde au visuel serait-elle liée à ma myopie ? L'œil est le seul organe des sens qui reçoive une image de l'objet. Et il cherche à voir ce qu'il ne voit pas.

Ma fascination, enfant, pour le film *L'Homme invisible*. Mon attrait, depuis, pour la femme invisible, l'invisible de la femme (de la mère ?).

*

Freud croit n'avoir affaire qu'à des énigmes. Il a voué sa vie à les résoudre. Il n'avait que méfiance pour le mystère (mystique). Et pourtant, quand il en est venu à reconnaître les limites de l'interprétation, et même de sa méthode, n'a-t-il pas approché un lieu au-delà de l'énigme ? Exemple : si légitimement fier d'avoir dévoilé le secret du rêve, il n'a pu que s'arrêter devant ce qu'il nomme (mystérieusement) l'ombilic du rêve qui ouvre sur l'inconnu (voir le texte de Rosolato dans *La Relation d'inconnu*).

Vermeer — exemple évidemment privilégié —, Giorgione — autre exemple privilégié, tous les interprètes de *La Tempête* s'y sont cassé les dents — conduisent à opposer énigme et mystère. Il n'y a pas de solution d'un mystère. La peinture — du moins celle qui a le plus d'effet sur moi — se dérobe à tout sens, fût-il caché. Elle présente le mystère de l'être. Aucun contenu latent à dévoiler. C'est une peinture qui ne représente rien qu'elle-même, qui allie transparence et mystère.

*

Quand il a vu pour la première fois une petite fille dénudée sur la plage, il s'est empressé de faire part de son étonnement à son père : elle n'a pas de… Mais il n'a pas échafaudé une théorie sexuelle comme le petit Hans, théorie que Freud a reprise à son compte : absence de pénis = châtrée.

Ce qu'il n'a pas dit à son père c'est qu'il a surpris plusieurs fois sa mère nue. Il n'a pas pensé qu'il lui manquait quelque chose, il s'est demandé ce qui pouvait bien se cacher derrière ce buisson de poils noirs. Un invisible qui l'intéressait intensément.

« Cette interrogation, me confie-t-il, est demeurée la mienne. C'est pourquoi j'aime tant les femmes. Quand elles sont toutes dévêtues, qu'elles me donnent à voir tout leur corps que je peux palper, caresser, pénétrer, c'est alors que je les trouve les plus invisibles. Qu'elles me soient incompréhensibles n'est pas mon souci, il y a bien longtemps que j'ai renoncé à les comprendre. Mais qu'elles me demeurent invisibles est ce qui m'attire, irrésistiblement. »

Et il ajoute : « Notre machin dont nous faisons grand cas est si peu de chose, ça doit être parce qu'il est trop visible. »

*

Je maintiens la formule que j'ai avancée plus d'une fois ces derniers temps : « Le rêve est une pensée qui ne sait pas qu'elle pense », d'où j'ai conclu que rêver et penser proviennent de la même source et ne font qu'emprunter des voies différentes. Aujourd'hui je précise : oui, le rêve pense, mais il pense à toute vitesse, il va trop vite au regard de ce qu'exige la pensée vigile. De là, au réveil, l'impression que nos rêves sont incohérents, absurdes, impression conjointe à celle qu'en les oubliant nous perdons quelque chose d'infiniment précieux : l'intensité des perceptions, proches de visions hallucinées qui les caractérise, la violence des émotions qu'ils nous procurent, allant du ravissement à la terreur, et surtout leur pouvoir de mettre en relation instantanée des éléments prélevés dans des scènes imaginées ou vécues dans tous les temps de notre vie.

Tout est question de vitesse. L'exercice de la pensée vigile est lent ; il faut du temps à la pensée pour avancer, pour se développer, pour atteindre ce qu'elle vise. La pensée du rêve fait fi du temps. Penser exige du temps et fatigue, alors que le « travail » du rêve s'accomplit tout seul.

Je sais que mon souhait d'une « pensée qui serait rêvante » n'est qu'un souhait. Qui en est capable ? Parmi mes lectures récentes je l'ai trouvée à l'œuvre chez Modiano (*La Petite Bijou*), chez quelques écrivains que j'aime et que j'envie comme Guy Goffette. Jamais chez les psychanalystes qui pourtant n'ont affaire qu'à elle.

J'ai beau rêver de m'approcher de la pensée rêvante et vouloir m'éloigner de la pensée discursive, argumentée, arrimée au savoir, qui ne veut que se justifier et ne consent pas à se contredire, je sais que je suis loin du compte.

*

Chercher à avoir raison, c'est vouloir avoir raison de l'autre, c'est l'arraisonner : qu'il soit immobilisé, pétrifié, qu'il reste sans voix devant la puissance de votre argumentation, qu'il soit empêché, comme un bateau arraisonné, de poursuivre sa propre traversée, incertaine.

Je ne récuse pas les théories. Je préfère naviguer dans leurs marges.

*

Représentation : un mot, hérité de la philosophie, dont les psychanalystes font grand usage sans qu'on sache toujours quel sens ils lui donnent. Ambiguïté de ce mot, bien soulignée par l'historien Carlo Ginzburg : « D'un côté la représentation tient lieu de la réalité qu'elle représente et, par conséquent, évoque une absence ; de l'autre, elle rend visible la réalité qu'elle représente et suggère donc une présence. Mais cette opposition pourrait aisément être retournée : dans le premier cas, la représentation est présente, ne serait-ce qu'au titre de substitut ; dans le second, elle rappelle seulement une réalité absente qu'elle entendait pourtant représenter. »

Présence, absence : mon intérêt pour le rêve tient sans doute à ce qu'il conjugue l'une et l'autre. Il assure une présence, parfois insoutenable, des personnes, des lieux au point que, pour m'en dégager, il m'arrive de me dire : « Ce n'est qu'un rêve. » Mais, à peine suis-je réveillé, ces images qui m'ont capté s'éloignent, disparaissent, non seulement elles s'absentent, prennent congé, mais elles perdent tout ce qui leur conférait, dans le temps du rêve, une présence réelle.

Parlant de sa mère à qui il adresse à travers moi des reproches véhéments, un patient, rompu à l'exercice de l'analyse, ajoute : « Bien sûr, c'est la représentation que je m'en fais. » Quel meilleur moyen d'atténuer les choses, de se protéger du désir et de la haine dirigés vers un être de chair :

« Ce n'est qu'une représentation, toute subjective, n'allez pas croire que j'en sois dupe au point de la confondre avec la réalité. »

*

Dans l'insomnie deux logiques s'entremêlent : la logique du rêve et celle de la pensée diurne. On raisonne de travers, on confond tout, on fabrique à toute allure des liens entre des éléments prélevés ici et là, on attribue une valeur considérable à des petits riens — mais on raisonne, ou, pour le dire en termes freudiens, le processus secondaire fonctionne, mais il est soumis au processus primaire.

*

Parlant d'un des personnages de son roman *Léviathan*, Julien Green écrit : « Le but de sa passion [la curiosité] n'était pas de transformer l'inconnu en connu, mais de rechercher l'inconnu pour lui-même et de vivre dans son voisinage. » Et, plus loin : « Le seul don qui lui ait été départi était celui de deviner, non pas un secret, mais la présence d'un secret. »

Bonnes définitions de ce qui, entre autres motifs, suscite le désir de devenir analyste et de le rester. « Où habitez-vous ? — Au voisinage de l'inconnu. » « Que faites-vous ? — Je cherche à deviner la présence des secrets. »

Il existe des patients doués pour l'analyse (ceux-là, on peut les appeler des « analysants »), à croire que ce sont eux qui l'ont inventée, tant leur pensée est en mouvement, leur parole sans contrainte apparente, tant leur mémoire est apte à traverser le temps ; avec eux le transfert agit comme un levier soulevant tout ce qu'il y a en nous d'inerte, d'inanimé. Ça marche presque trop bien ; difficile, alors, d'autant plus que l'analyste de son côté y trouve son plaisir, et que le patient y satisfait son désir d'être aimé, difficile de déceler où ça résiste. Paradoxalement, ce sont les patients qui paraissent le moins faits pour jouer le jeu de l'analyse — un jeu véritablement aberrant quand on y pense —, ce sont ces patients-là — les rebelles, les résistants à l'occupant, les réfractaires (au service du travail obligatoire...), ceux qui s'enferment dans un silence massif, qui parfois nous désespèrent par leur pauvreté associative, mettent à mal nos théories, déçoivent nos attentes (car nous en avons quoique nous prétendions le contraire) —, oui, ce sont eux qui nous dégagent de toute complicité, interdisent ce que certains ont appelé l'« alliance de travail ». À nous alors d'inventer l'analyse, quand elle paraît impossible, à nous de penser contre nous-mêmes.

*

Retour à d'anciennes amours : Jean-Yves Tadié me propose de préfacer pour Folio Classique un recueil de quelques nouvelles d'Henry James. Se souviendrait-il d'un de mes tout premiers articles dans *Les Temps modernes* sur *L'Image dans le tapis* et *La Bête dans la jungle* ? Pendant des années, j'ai cessé de lire James, de le suivre dans ses tours et détours. Je me retenais de m'écrier bêtement : « Au fait ! Au fait ! » Il m'arrive aussi de me dire ça — encore plus bêtement — quand un patient m'embobine dans des circonvolutions sans fin, reportant à toujours plus tard, ou à jamais, l'aveu de quelque secret. Vite trouver l'issue du labyrinthe.

James : le piège du mariage, le rôle de l'argent, l'alchimie de l'art — et l'absence de vie sexuelle.

La plus belle nouvelle de ce recueil : *Le Banc de la désolation.*

« Mais si ! C'est un fait ! s'écria l'autre dont l'esprit positif était à la torture.

— Les faits... Combien de faits obscurcissent la vérité. Les faits indiquent toutes les directions comme des milliers de ramilles sur un arbre. C'est seulement la vie de l'arbre qui a de l'unité et qui monte. C'est seulement la sève qui jaillit comme une source vers les étoiles. »

J'extrais ces lignes du *Club des métiers bizarres* de Chesterton. Quel métier bizarre que l'analyse ! Et comme j'aimerais que nos sociétés psychanalytiques soient des clubs où des gens de bonne compagnie aient plaisir à se retrouver ! Ils pourraient, par exemple, se demander mutuellement : « Qu'est-ce, pour toi, qu'un *fait* ? »

*

J'aimerais écrire un jour — il me faut des projets, même si le plus souvent ils ne se réalisent pas, pour que le présent ne risque pas d'être immobile — un petit livre sur les deux frères James, William et Henry.

Le cercle des lecteurs fervents de Henry n'a fait que s'agrandir. Mais qui lit encore William, si célèbre en son temps comme philosophe du pragmatisme, comme psychologue du « flux de conscience » ? Le pragmatisme : j'imagine que Henry si peu doué pour l'action et voué au « lumineux paradis de l'art » exécrait ce mot-là tout juste bon pour les Américains si *vulgaires*.

Henry vouait une admiration sans bornes à William. Du moins c'est ce qu'il dit. J'ouvre ses *Mémoires d'un jeune garçon* (le titre anglais ne dit pas *young boy* mais *small boy*). Je m'attends à y trouver dès les premières lignes « Je ». Mais non. Les *Mémoires* commencent ainsi : « Ayant entrepris de rassembler quelques données sur les premières années de William James... »

Henry s'efface devant son frère. Qu'a-t-il donc de plus, ce frère ? Le privilège d'être né *avant*. « Mon frère occupait une place à laquelle je ne pouvais aspirer, dont j'avais perdu tout droit à l'accès, il avait gagné sur moi une telle avance pendant ces seize mois d'expérience. » Henry enfant se décrit comme un cancre, William a le génie, le *small boy* n'en a « jamais douté un seul instant ».

Hommage trop appuyé pour n'être pas suspect. Le renversement ne tardera pas. Henry prendra sa revanche. J'imagine qu'il pressent que dans un dictionnaire des noms propres on lira face au nom de William : « Frère du précédent. »

« Je l'aime comme un frère. » « C'est un vrai frère pour moi. » Et pourtant la rivalité n'existe qu'entre frères. Déplacement du complexe d'Œdipe, refoulement du désir de tuer le père, de déloger une fois pour toutes le possesseur de la mère ? Admettons. Reste que la lutte est fratricide — voir l'affrontement des « frères d'armes » dans *Le Duel* de Conrad — et que le prototype de toute guerre est la guerre civile.

Cette hypothèse que « William et Henry » pourrait m'aider à cerner ce qu'il en est de la jalousie entre frères et peut-être de toute jalousie. Entre frères amis et ennemis, aimés détestés, entre frères sortis d'un même ventre, la relation n'est jamais simple, j'en sais quelque chose…

Y aurait-il plus de faux frères que de vrais frères ?

Question annexe : les jumeaux sont-ils jaloux l'un de l'autre, eux qui ont tant de mal à se séparer ?

Mon aphorisme du jour : ce sont les nuages qui ont inventé la peinture. Comme tous les aphorismes il serait aussi contestable sous sa forme inversée : c'est la peinture qui a inventé les nuages.

*

La terre de Toscane est déjà un paysage. Le paysage : cette invention des peintres. Le paysan derrière sa charrue, sur son tracteur, ignore le paysage.

Succession de plans proches et lointains, lignes parallèles des vignes, fragiles et éternels oliviers, bosquets d'arbres, sur les crêtes quelques cyprès, sombres, verticaux — le cyprès, ancêtre du pinceau. D'où le sentiment délicieux d'être dans un tableau qui n'a rien à faire de notre présence, mais nous permet de nous promener chez lui, de vivre en lui.

*

Retour sur les lieux du bonheur (ou du crime).

À plusieurs reprises, je m'étais promis de ne jamais revenir sur des lieux que j'avais découverts, connus, aimés une première fois, une première fois qui aurait dû rester, bien des expériences décevantes et malheureuses me l'avaient confirmé, la seule et unique fois. Pourtant, j'y revenais dans ces lieux, comme pour me confirmer que je n'étais pas dupe de ces embellissements auxquels se complaît la mémoire, que je n'avais pas eu tort de les avoir intensément aimés, ces villes, ces maisons, ces paysages.

À l'entrée de la grande villa de Cabourg, un gardien. Je lui demande s'il m'autorise à pénétrer dans le jardin, à jeter un coup d'œil sur la villa : « J'y ai passé pendant quinze ans toutes mes vacances d'enfant, c'était la maison de ma grand-mère. » Réponse goguenarde : « Ah, le coup de la grand-mère, on me l'a fait cinquante fois. Voyez l'écriteau : Propriété privée. Entrée interdite. »

J'aurais pu être mortifié. Je ne le suis pas. J'accepte la leçon : cette maison n'est pas la mienne, d'autres enfants y passent leurs « grandes vacances », ils ne jouent pas au croquet ou à la course à la cuiller, ils ne portent pas de maillots de bain en laine qui les font grelotter, peut-être leur grand-mère, s'ils en ont une, n'aime-t-elle pas les pois de senteur, sans doute leur grand-père, s'ils en ont un, ne porte-t-il pas de perruque... Que m'importe ! Je pars, avec l'image de mes vacances à moi, radieuses même sous la pluie, joyeuses surtout quand toute la compagnie se disputait : une image plus présente, plus intense que jamais. Voir la villa telle qu'elle est aujourd'hui eût altéré, détruit cette image, eût meurtri ma mémoire.

Cela ne se passe pas toujours ainsi. Quand je suis retourné à San Gimignano, je n'ai pas cessé de *comparer*, quitte à lasser ma jeune compagne qui y venait, elle, pour la première fois.

Quoi ! Des parkings tout autour de la petite ville, la délicieuse place de la Cisterna envahie par des centaines de touristes... J'ai fui, accablé. J'ai pris la route de Volterra. Au bord de la route, on avait édifié une prison, une prison modèle apparemment, toute blanche et cernée de murs au cœur de ce qui demeurait malgré tout un des plus beaux lieux du monde. Une prison : c'était donc ça. De ma mémoire, *ils*, à moins que ce ne soit moi, avaient fait une prison sans portes ni fenêtres. J'étais un prisonnier immobile qui rêvait amèrement de ce qu'était sa vie avant. Le passé était mon enfermement.

Comparer : je pense à cet homme qu'un grave accident avait transformé en invalide. Alors il comparait : « Voyez ce que je suis devenu. Voyez — non vous ne pouvez pas le voir, alors je vais vous le décrire — l'homme que j'ai été » et revenait, indéfiniment, l'évocation du grand sportif, du merveilleux danseur, de l'incomparable amant qu'il avait été, *avant*. L'idéal qu'il nous arrive de projeter dans l'avenir, cette image de soi grandiose, invulnérable, cet homme croyait l'avoir effectivement incarnée, ce qui ne faisait qu'aggraver sa misère actuelle. Plus destructrice que l'envie du sort des autres, de leur succès, de leur chance, l'envie de soi ! Ne nous comparons jamais.

Me promenant avec Pierre Michon dans Orléans où j'ai été autrefois professeur et où j'ai connu des jours assez mornes, ce fut autre chose qu'à Cabourg ou San Gimignano. Retrouver telles quelles la place Saint-Aignan d'une mélancolie toute provinciale et la maison où je louais une chambre chez la veuve d'un colonel m'a réjoui. Rien n'avait changé — c'était donc moi qui avais changé : adieu les jours d'ennui et les nuits solitaires.

Que cherchons-nous, que cherchent les patients en revenant sur les mêmes souvenirs, tout en les modifiant insensiblement à chacune de leurs évocations ? Sur quels lieux reviennent-ils ainsi ? Les lieux du bonheur ou de la tristesse, de la découverte du plaisir ou de la survenue de la douleur que suscite l'abandon d'un être aimé cacheraient-ils quelque crime ? Le crime qu'est toute mort ? La haine inavouée, les désirs meurtriers enfouis dans le cœur de l'enfant trop sage ?

*

« La nostalgie vient de l'incapacité à haïr » me dit F. M'a-t-elle destiné la formule ? Si j'ai déjà bien du mal à me sentir objet de haine, j'ai encore beaucoup plus de mal à me reconnaître sujet haïssant ; à vrai dire je n'y parviens pas. Pour ce qui est de la nostalgie, je connais.

*

La *saudade*, la mélancolie portugaise, une « catégorie de l'esprit » selon Tabucchi. Chaque langue a-t-elle ainsi un mot — ou plusieurs — qui désigne spécifiquement une catégorie de l'esprit et de la sensibilité ? L'*Unheimliche* est-il de ceux-là ?

Une langue ne se traduit pas. Elle ne peut être partagée que par ceux qui la parlent, vivent en elle et méconnaissent son étrangeté tant elle leur est familière, à moins que, dans un rêve, un mot, une phrase isolée ne la leur révèlent, cette étrangeté, révélant du même coup que toute langue, à commencer par la maternelle, est une langue étrangère.

*

Parmi les quelques livres qui traînent dans la maison louée pour les vacances d'été, je trouve un recueil de nouvelles de Colette (je n'ai presque rien lu d'elle) et l'envie me vient de relever ces deux passages :

« "Je voudrais les chiens… Je voudrais le matin… Je voudrais me lever de bonne heure… Je voudrais le lait chaud avec du rhum, dans la buvette près du lac, les jours où il pleuvait tant… Je voudrais…" Elle trouva sans la chercher la formule de son souhait et l'expression de sa détresse : "Je voudrais l'année dernière." »

Ah ! Nostalgie, exil de soi, douleur exquise…

Et ceci : « Ah, soupira-t-il, j'ai eu peur » (que la femme aimée soit partie) quand il lui est annoncé qu'elle est morte.

Quelle franchise dans cet aveu ! Si elle est partie, elle va continuer à vivre, à désirer, à en aimer d'autres. Tandis que si elle est morte, adieu la jalousie, l'incertitude. Ne demeurera que *mon* chagrin.

*

Sylvie Germain m'adresse de Prague des pages relatant les apparitions de sa géante, claudicante, pleurante. Superbes. Quelle fille étrange que Sylvie ! C'est une visionnaire, non une hallucinée. Il y a du génie, un génie en elle.

Comment qualifier son livre *La Pleurante des rues de Prague* ? S'agit-il d'un récit, d'un poème, d'un inépuisable chagrin venu de la mort du père ? J'y trouve un mouvement violent, allant par vagues successives qui emportent aussi le lecteur ; elles perdent vers la fin de leur amplitude, la tension est moins forte, c'est sans doute que le chagrin s'est fait moins intense, que tout ne vient pas le renforcer. La Pleurante peut s'éloigner quand les larmes commencent à sécher.

Quand Sylvie vient bavarder un moment avec moi elle me fait rire aux éclats. Éclats de rire, douleur qui fait éclater toutes nos barrières protectrices. Alliance rare du tragique et de la joie. Les plaintifs permanents, les porteurs de plainte(s) ignorent la joie autant que le tragique. Ils entretiennent leur plainte qui leur tient compagnie. Ils découragent l'analyste le plus opiniâtre.

*

H. évoque des vacances que nous avons passées ensemble. Elle s'en souvient très bien : promenades, conversations, disputes, rencontres. De ces vacances-là, je me souviens très bien aussi. Mais ce ne sont presque jamais les mêmes souvenirs. Que la mémoire ne soit pas partagée, que chacun construise la sienne propre, je le sais, ce n'est pas une découverte. Chaque analyse le confirme. N'empêche, en entendant H., surprise et même un peu vexée que les faits qu'elle rapporte ne me disent rien au point que je puisse penser qu'elle les invente ou qu'elle confond tout, ou me confond avec un autre — et alors c'est moi qui suis vexé —, cela me trouble comme si je devais en conclure que tout un chacun est enfermé dans sa mémoire individuelle alors même que la mémoire prétend nous ouvrir à ce qui n'est pas nous, franchir les frontières. Je doute qu'il puisse exister une mémoire collective. De l'humanité sûrement pas. Nationale ? Elle varie selon les groupes sociaux. Et chaque génération construit la sienne. Nous avons du mal à admettre que la mémoire où nous voulons voir une conservation du passé soit une construction.

Indignation de P. : au collège que fréquente sa fille, la direction, relayée par les maîtres, et au nom sans doute d'un « projet pédagogique » mûrement réfléchi, demande aux élèves de confirmer en les aggravant les appréciations portées sur leurs bulletins. Cela donne, écrit de la main des enfants : « Je ne veux plus voir une note pareille. Je ferai des efforts. Il n'est pas vrai que j'ai été dérangé par mes voisins. » « C'est Pol Pot », s'exclame P. que je n'ai jamais vu en colère : exiger que les élèves reprennent à leur compte le jugement porté sur eux par l'éducateur. Le plus grave à mon sens est que l'éducateur est certainement convaincu qu'en procédant ainsi il « responsabilise » les enfants, favorise leur autonomie, alors qu'il ne fait que fortifier leur soumission en les contraignant, d'une voix suave, j'imagine, comme celle des curés, à apposer leur propre signature sur leurs fautes. Face à ce procédé on en viendrait à regretter les châtiments corporels des écoles d'autrefois qui du moins pouvaient fabriquer des révoltés, des résistants !

En psychanalyse, ne rien faire qui puisse renforcer la soumission des patients (déjà, ce mot...), leur servitude, surtout si elle est volontaire. Et, soi, tenter de se dégager de toute servitude envers les théories, à commencer par la sienne.

*

Le surmoi ne prononce pas d'injonctions, il ne dit pas : « Tu dois », mais : « Tu aurais dû » ou : « Tu n'aurais pas dû » (il vous tutoie toujours celui-là, ce détestable ennemi intime qui prétend être votre ami, vouloir votre bien). Il vient constater la faute après qu'elle a été commise. L'effort de l'obsessionnel pour faire que la faute, fût-ce la plus infime, n'ait pas été commise, pour que ça ne soit pas arrivé (l'annulation rétroactive), vise à contrecarrer la voix du surmoi. Elle ne parvient qu'à la renforcer, à en accentuer la férocité, une férocité parfois doucereuse.

J'ai connu quelqu'un qui, lorsque je prenais une décision, ne me donnait jamais ni avis ni conseil, et qui, après, quand ma décision n'avait pas eu les heureux effets que j'en escomptais, ne manquait pas de me dire avec un vif plaisir : « Il aurait fallu ».

Quand je l'ai appelé : « Monsieur Il aurait fallu », il s'est tenu tranquille. Il aurait fallu que je le désigne ainsi plus tôt !

*

Faux, le lieu commun affirmant qu'avoir pour analyste un homme ou une femme n'importe guère, n'a pas d'incidence sur le mode de transfert. Un homme en analyse avec un homme, une femme avec une femme, cela fait inévitablement surgir la question de l'homosexualité, cela la rend présente. R. allongé sur le divan, l'analyste homme derrière lui : passivité identifiée à soumission homosexuelle. Il se pourrait que la relation de séduction réciproque mère-enfant soit transposée dans la relation père-fils, la première ayant une fonction prototypique au point que je ne puisse me représenter tout autre lien affectif que sur le modèle de celle-ci.

Une femme avec une analyste femme (par définition je n'en ai pas l'expérience directe, mais j'en ai quelque idée par les supervisions). Le lien si puissant entre mère et fille, si passionnel où amour et haine sont inextricablement mêlés, un lien où je vois la matrice de toute passion, est nécessairement ravivé. La même femme en analyse avec un homme va chercher à se dégager de cette relation d'emprise mutuelle. Et alors il arrive que l'analyste, plutôt que de tenir l'emploi d'une figure paternelle (ce qu'il est convenu d'appeler la fonction du tiers) « fasse la mère », mais une mère qui se voudrait toute de bienveillante tendresse, non dangereuse, quasiment asexuée.

Difficulté pour l'analyste : avoir dans le même temps sa propre identité sexuelle affirmée et une identité psychanalytique flottante, vacillante au point de pouvoir dire, ou à tout le moins laisser entendre, à son patient : « Qu'est-ce qui vous garantit que je suis un homme ? » (ou une femme).

*

« Les personnes du sexe », c'est ainsi que Renan qui fut séminariste désignait les femmes. Il n'était pas le seul. Quel aveu ! Identifier la femme au sexe. Longue tradition allant d'Ève au mythe littéraire et cinématographique de la femme fatale. Le *charme* maléfique. La femme comme tout entière sexuelle (hystérie). Et l'homme comme un pantin, réduit à n'être qu'un appendice... de la femme.

*

L'imposteur : celui qui usurpe une identité, s'invente, au point d'y adhérer parfois, une histoire qui n'est pas la sienne, se fait passer pour un autre et ça marche !

Le psychanalyste est toujours pris pour un autre. Mais, quand il se prend lui-même pour cet autre, alors il y a imposture.

Plus imposteur encore est celui qui, assuré d'être un psychanalyste « à part entière », en fait son *identité*. Aux collègues qui inscrivent « psychanalyste » sur l'en-tête de leur papier à lettres ou, pis, sur une plaque apposée à la porte de leur cabinet, je dis : « Attention ! »

Existe-t-il des analystes « de quartier » qui n'ont jamais cherché à faire carrière, à acquérir de la notoriété et qui pratiquent l'analyse parce qu'ils croient en son efficacité et la tiennent pour irremplaçable ? Des analystes qui n'oublieraient pas un seul instant qu'ils ne valent ni plus ni moins que ceux qui ont recours à eux : ni le docteur X, ni le professeur Y, mais un autre, *incognito*.

*

Les occasions ne manquent pas de se trouver confronté à la bassesse, à la connerie, à la méchanceté des humains. Ce qui me retient de les mépriser ou de les haïr, c'est que j'appartiens à la même espèce qu'eux. Je leur en veux quand même à ces humains-là, de me faire honte d'être des leurs. Pourquoi ai-je tant besoin de me différencier d'eux ? Pourquoi ai-je une telle envie de m'écrier : « Mais non, je ne suis pas votre semblable ! »

*

L'envie me vient de réunir les trois docteurs : Le Dr. Frankenstein, le Dr. Jekyll et le Dr. Moreau. Je croyais avoir oublié leurs aventures — il y a si longtemps que j'en avais lu le récit — et voici, allez savoir pourquoi, que ces trois figures, qui n'en font peut-être qu'une, m'apparaissent, moins fascinantes qu'autrefois, mais toujours troublantes. Serais-je saisi à mon tour par quelque folie démiurgique ? par le fantasme de me fabriquer un double, un clone ? ou, plus simplement, conscient que l'unité de mon « moi » est fictive, rêverais-je de donner forme aux différentes parties de moi-même demeurées virtuelles ?

Robert Louis Stevenson l'avait bien pressenti, comme si s'inventer un double caché (*Hyde*), auquel nous attribuons toutes les forces du Mal, était une solution de facilité : « L'homme n'est pas un mais deux en vérité. Je dis qu'il est deux parce que l'état de mes connaissances ne me permet pas d'aller plus loin. D'autres viendront après moi [Freud ?] qui iront plus avant dans la même direction ; et je me hasarderai même à avancer que l'homme nous apparaîtra un jour [avec Pirandello ?] comme un royaume peuplé des sujets les plus divers, les plus incongrus et les plus autonomes. »

Pourquoi ai-je longtemps cru que Frankenstein désignait la créature démoniaque ? Voulais-je épargner le Docteur qui l'a fabriquée ?

Du coup je m'empresse de relire le roman de Mary Shelley. Quelle méprise de ma part ! Victor Frankenstein n'est pas un démiurge, il ne cherche pas à faire concurrence à Dieu. Sa grandeur, sa folie viennent de ce qu'il veut, lui aussi, vaincre, *détruire la mort* (celle de sa mère). Et son malheur vient de ce qu'il donne vie à un assassin. Un assassin qui rêvait d'être bon, pour peu qu'il parvienne à inspirer l'amour.

*

Devinette : qui a écrit : « Qu'est-ce donc qui *en nous* ment, assassine et vole ? » Et ceci : « Des puissances inconnues tirent nos ficelles. Nous ne sommes rien, rien par nous-mêmes. »

Réponse : Georg Büchner. Relire *Lenz*, l'accompagner dans son errance.

*

« Elle [la mentalité fétichiste] croit au "moi", au "moi" en tant qu'être, au "moi" en tant que substance et elle projette sur tous les objets sa foi en la substance du moi » (Nietzsche, *Le Crépuscule des idoles*).

Corrélation entre le moi dont nous cherchons à assurer l'unité, jusqu'à en faire une substance, et la constitution des objets. Parfaite symétrie. Mais si le moi n'est qu'un agrégat d'identifications, une sorte de fiction, d'image dans laquelle le sujet humain croit se trouver alors qu'il s'y perd (Narcisse), l'objet cesse de se confondre avec la chose.

Passion : assimilation du moi et de la chose. « Ma cassette », « l'unique objet de mon ressentiment », etc. Et alors, si la chose en vient à se dérober, le moi n'est plus rien, il s'effondre dans la désolation. Effondrement, *Breakdown*, deux mots en un : cassure et chute.

Un ami dont j'ai toujours cru qu'il était d'une solidité à toute épreuve me dit à propos des Twin Towers de New York comme s'il avait oublié, effacé l'existence des avions catapultes : « Les tours se sont effondrées sur elles-mêmes. » Il répète : « Sur elles-mêmes », puis tombe dans le silence d'où je ne parviens pas à l'extraire.

*

Qu'est-ce qui m'atteint à ce point dans les sonates de Scriabine (alors que ma musique préférée, celle que j'écoute le soir, est celle de Debussy, de Ravel) ? Sa capacité à exprimer les soubresauts, les cassures de l'âme, la discontinuité, la division de l'être. Scriabine me ferait-il entendre le « langage » (qui n'en est pas un) désordonné, violent, immédiat, de la pulsion ?

[illegible]

Qu'ont donc pu [illegible], est qu'il [illegible] d'[illegible] toutes [illegible] du propos des [illegible] de New York, comment il [illegible] l'intégrité des mêmes [illegible]. Les [illegible] qu'il tombe dans le [illegible]

[illegible]

Passé beaucoup de temps à regarder toujours avec la même passion les matchs de Roland Garros — et ce n'est pas fini : aujourd'hui la finale. D'où me vient cette passion ? (le mot est trop fort, mais intérêt serait trop faible). Le résultat incertain jusqu'au dernier échange ? Le duel ? La capacité que j'ai de m'identifier à l'un des joueurs comme si, grâce à lui, moi qui ai été un joueur médiocre, mais m'accrochant jusqu'au dernier point, je me transformais en champion ? La pensée magique que, spectateur devant mon écran de télévision, je peux infléchir le cours de la partie, provoquer une double faute chez celui des joueurs que je souhaite voir perdre ? Le bruit sec de la balle ? La réussite de coups incroyables ? La tension extrême des joueurs comme si c'était leur vie qui était en jeu et pourtant ils disputent des tournois semaine après semaine ? Je suppose qu'intervient autre chose, mais je ne vois pas quoi. Toujours est-il que plus rien ne m'importe quand je suis ainsi pris par un match de tennis ! Un match retransmis en différé ne m'intéresse pas, même si j'en ignore le résultat. Il faut qu'il se déroule *au présent*, que son cours et son issue restent aléatoires comme l'analyse, comme le *jeu* de l'analyse à condition que chacun des joueurs s'y engage à fond.

*

Pas au clair — mais devrais-je l'être ? — sur la question de la fin d'une analyse. Plutôt que de fin, je parlerais de conclusion ou, mieux, de *dénouement* (dénouement d'une affaire, dénouement d'une tragédie). Dénouement du lien transférentiel dans lequel tous les liens antécédents, souhaités, rompus, sont noués. Ne pas confondre cette conclusion, ce dénouement, avec le renoncement ou la lassitude. Pis : « D'un commun accord nous avons décidé de mettre un terme à mon analyse » (divorce à l'amiable).

*

À peine ai-je mis le point final à un manuscrit — point final que je tiens plutôt pour des points de suspension — que je suis saisi d'une hâte fébrile à le voir transformer en un livre. Je voudrais que, comme par magie, mon scribouillage indécis se mue en imprimé. Un livre c'est tangible, palpable, visible par d'autres : un objet.

Une analyse ne sera jamais un objet. Elle n'a de réalité que pour le patient et l'analyste, qui la font advenir, exister.

Ces deux usages de la parole me sont nécessaires : une parole sans autre support qu'elle-même et qui ne laissera d'autres traces qu'intimes, secrètes, non écrites dont le destin est de s'effacer ; et une parole qui, même si elle pressent qu'elle n'atteint pas ce qu'obscurément elle cherche, aboutit du moins à cet objet-livre. Qu'il soit précieusement conservé, cet objet, ou jeté dans la poubelle, ce n'est plus mon affaire.

*

Je m'étais promis de ne plus prendre d'engagements pour des articles, des exposés, etc. Dans l'ensemble, j'y parviens. Mais voici que je viens d'accepter, à la demande d'amis très chers, il est vrai, de faire prochainement une conférence. Sujet : « Écrire pour soi ? Rêver pour qui ? »

Grand froid, le givre sur la pelouse, une *Partita* de Bach magnifiquement interprétée par Martha Argerich. Un calme proche de la sérénité. Un feu de bois dans la cuisine. Brigitte rit quand je lui dis que ma seule compétence est de savoir allumer et entretenir un feu. C'est vrai.

Certains des fragments qui composent ce livre ont trouvé leur origine dans des notes qu'il m'arrive de consigner de temps à autre dans un cahier, en marge des jours qui passent.

DU MÊME AUTEUR

Aux Éditions Gallimard

APRÈS FREUD, 1968, « Les Essais » ; « Idées », *n° 237*. Nouvelle édition revue et augmentée d'un post-scriptum en 1993, « Tel », *n° 223*.

ENTRE LE RÊVE ET LA DOULEUR, 1977, « Connaissance de l'Inconscient » ; « Tel », *n° 81*.

LOIN, 1980, *récit*, « Folio », *n° 2332*.

L'AMOUR DES COMMENCEMENTS, 1986. Prix Femina-Vacaresco. Post-scriptum inédit en 1994, « Folio », *n° 2571*.

PERDRE DE VUE, 1988, « Connaissance de l'Inconscient » ; « Folio essais », *n° 351*.

UN HOMME DISPARAÎT, 1996, « Folio », *n° 3122*.

CE TEMPS QUI NE PASSE PAS *suivi de* LE COMPARTIMENT DE CHEMIN DE FER, 1997, « Connaissance de l'Inconscient, série Tracés » ; « Folio essais », *n° 392*.

L'ENFANT DES LIMBES, 1998, « Folio », *n° 3463*.

FENÊTRES, 2000, « Folio », *n° 3642*.

EN MARGE DES JOURS, 2002, « Folio », *n° 3922*.

TRAVERSÉE DES OMBRES, 2003.

Chez d'autres éditeurs

VOCABULAIRE DE LA PSYCHANALYSE (avec Jean Laplanche), 1967, *Presses Universitaires de France*, repris dans « Quadrige ».

FANTASME ORIGINAIRE, FANTASMES DES ORIGINES, ORIGINE DU FANTASME (avec Jean Laplanche), 1985, *Hachette*, coll. « Textes du XXe siècle », repris dans « Pluriel ».

LA FORCE D'ATTRACTION, 1990, *Éditions du Seuil*, coll. « La Librairie du XXe siècle », repris dans « Points essais », *n° 400*.

Ouvrage reproduit
par procédé photomécanique.
Impression Bussière Camedan Imprimeries
à Saint-Amand (Cher), le 19 septembre 2003.
Dépôt légal : septembre 2003.
Numéro d'imprimeur : 032916/1.
ISBN 2-07-076511-3./Imprimé en France.

124444